ウエイトレスの言えない秘密

キャロル・マリネッリ　作

上田なつき　訳

ハーレクイン・ロマンス

東京・ロンドン・トロント・パリ・ニューヨーク・アムステルダム
ハンブルク・ストックホルム・ミラノ・シドニー・マドリッド・ワルシャワ
ブダペスト・リオデジャネイロ・ルクセンブルク・フリブール・ムンバイ

ITALIAN'S PREGNANT MISTRESS

by Carol Marinelli

Published by Harlequin Japan, a Division of K.K. HarperCollins Japan, 2025

キャロル・マリネッリ

イギリスで看護教育を受け、救急外来に長年勤務する。バックパックを背負っての旅行中に芽生えたロマンスを経て結婚し、オーストラリアに移り住む。現在も3人の子供とともに住むオーストラリアは、彼女にとって第二の故郷になっているという。

主要登場人物

スージー・ビルトン……………ウエイトレス。
カサンドラ、セリア…………スージーの双子の姉。
ジュリエット、ルアンナ……スージーのルームメイト。
ダンテ・カサディオ…………弁護士。
ジオ……………………………ダンテの祖父。
ミミ……………………………ジオの恋人で家政婦。
セヴァンドロ…………………ダンテの兄。愛称セヴ。
ローザ…………………………セヴの亡妻。

プロローグ

新しい年が来た。

だからといって、ダンテ・カサディオにはとくに抱負はなかった。職業柄、どんなときも最高の仕事を心がけていたからだ。

外ではみぞれ混じりの雨が降り、ミラノの一流法律事務所の役員室にはスタッフがそろっていた。

クリスマス休暇から二週間が過ぎ、ルッカへの短い帰郷を除けば、ダンテはほぼ毎日オフィスにいた。

新年は前年の終わりと同じように始まった。そう、著名人のクライアントの一言から。「こんな条件は認められない！」

「これは非常に合理的な申し出ですよ」ダンテは冷静に応じた。

「判事に決めてもらおう」

ダンテの上席法律事務職員《パラリーガル》であるヴィンチェンツォが心配そうな視線を送ってよこした。

「私は本気だ。断固、法廷で闘う」クライアントが憤然として続けたが、ダンテは何も言わなかった。

どんなときも彼が激情に駆られることはなかった。短気なクライアントを相手にしているときも、美しい女性とたわむれているときも。

「スイスの別荘《シャレー》は絶対に渡さん！　そもそも彼女はスキーなんかしないんだぞ」クライアントが声を張りあげた。

それでもダンテは無表情を保ち、無言を貫いた。

「こんなアドバイスに金を取るなんて信じられん」クライアントがうなり、ファイルをダンテに投げつけた。「イタリアで最高の弁護士を雇ったつもりだったのに」

ダンテの冷静な態度も功を奏さず、クライアントの怒りはエスカレートしていた。

「私は過ちを犯した。だが、一度だけだ！」

ダンテは眉を上げたいのをこらえた。

悪名高い家族法専門の弁護士として、ダンテはどこまでも皮肉屋だった。直接的であれ、遠回しであれ、誰もが嘘《うそ》をつくことをよく知っていた。

彼自身もそうだった。しかし今、重要なのは……。

「一度とはいえ、不適切な行為だったことに変わりはありません」

クライアントの額に血管が浮き出た。ダンテが冷静に告げた事実を受け入れようともせず、激怒している。無過失離婚制度があるイタリアでは、たとえ浮気をしても離婚の理由にはできず、だからクライアントも強気になっているのだろう。

感情がからみがちな家族法の世界では、ダンテの冷静な論理は貴重だった。そのため法外な弁護料にもかかわらず、依頼が引きも切らないのだ。しかし、きめ細かなケアで有名だったわけではない。「あなたは財産分与の問題を扱うために私を雇いました。それは対処できます。ですが、もしカウンセラーとの面談が必要だとお考えなら、私にはできかねます」

「カウンセラーはいらない。妻と話がしたいんだ」

「それは一番してはいけないことです」ダンテは厳しい口調で警告した。「もうすぐ元妻になる女性に接触してはなりません」

自分の結婚生活の現状を思い知らされ、クライアントが息をのんだ。「カサディオ、君は血も涙もない男だな」

確かにそのとおりだった。

クライアントがいらだたしげにテーブルをたたいても、ダンテがひるむことはなかった。

ヴィンチェンツォが驚いて体をこわばらせ、他の弁護士の何人かはこのとりわけ有名なクライアントが癇癪《かんしやく》を起こしたらどう対処すべきか思案しているのか、背筋を伸ばして座り直した。

ダンテはクライアントを落ち着かせる努力をすることもなく、百八十センチをはるかに超える長身を見せつけるように立ちあがった。だが、歩きだそうとはせず、クライアントの怒りの原因となった書類を手に取り、正しい順序で重ねられているのを確認した。

ダンテは秩序が好きだった。

着ているスーツはミラノで仕立てたものだ。靴もしかり。シャツとネクタイは少し離れたパリで購入した。ダンテは上質なシャルベのシャツがお気に入りで、長年愛用している。豊かな黒髪は毎週カットし、髭《ひげ》は毎日剃《そ》る。

書類をデスクの上できちんとそろえ直すと、ダンテはそれをネイビーブルーのファイルに入れた。

役員室は緊張した沈黙に包まれた。全員がダンテの反応を待っている。おそらく、彼がこの件から手を引くのではないかと思っているだろう。

もちろん、そんなまねはしない。

こんなことは日常茶飯事だ。

「続きは私のオフィスで話しましょう」そう言うと、ダンテはファイルを手にドアに向かった。

騒ぎはもうたくさんだった。それに、今日は思いがけない電話もあった。

このミーティングの前に、兄のセヴから電話があったとアシスタントのアントニアに告げられたのだ。

ダンテと兄は長年口をきいていなかったし、電話をかけてきたのがセヴのアシスタントのヘレネではなかったことも気になっていた。

〝緊急事態なのか？〟兄弟の祖父であるジオに何かあったのではないかと心配し、ダンテは尋ねた。

〝いいえ〟アントニアが首を横に振った。〝ただ、今日じゅうにかけ直してほしいと……〟

ダンテはオフィスに入りながら、どうして人は自分に苦痛しか与えないようなものに執着するのかと心から不思議に思った。

オフィスの金庫にしまってある封筒の中身を除けば、ここにはこれといったものはなかった。デスクや棚には写真も思い出の品もない。それはミラノの豪華なアパートメントでも、ルッカのすばらしい邸宅でも同じだった。

かつてはトスカーナの瀟洒《しょうしゃ》な実家を自宅と考えていた。だが今では、やむをえない場合を除いては足を運ぶことはない。

そう、クリスマスや記念日以外には。

なぜ人は常に何かを思い出したがるのだろう?

僕は違う。

昔から感情に乏しかったわけではなかった。子供のころはやんちゃで愛嬌《あいきょう》があり、その笑顔は人の心を溶かすと言われた。それは十代から二十代の初めまで変わらなかった。ダンテはセックスを楽しみ、相手に情熱を捧《ささ》げた。一度に一人の女性としかつき合わなかったが、それが単なる体の関係にすぎないことを相手に伝えるのは忘れなかった。

しかし、そんな日々はとうに過ぎ去った。

両親が亡くなり、かつて親密だった兄との関係も断ち切られた。

ダンテは幸せな時代について考えたくもなかった。

だから考えなかった。

おのずとダンテの人間関係は浅く短いものになった。彼は誰も信用せず、仕事だけに集中した。

ダンテはクライアントの怒りをよそに、今年のクリスマスには彼からシャンパンが届けられ、彼の同僚や友人に自分が推薦されることになるだろうと思っていた。だが、今はそうは思えない。

クライアントがオフィスに入ってきて、ドアをばたんと閉めた。ダンテは座ったまま腰を上げなかった。クライアントの地位や名声にかかわらず、相手におもねることはない。

クライアントが炎だとすれば、ダンテは氷だった。何物も彼を溶かすことはできなかった。怒れるクライアントは、巨大な氷河に立ち向かうガスバーナーも同然だった。

「私は本気だ。彼女には決して――」クライアントがまた話を蒸し返しはじめた。

「もうたくさんです！」ダンテがさえぎると、気分を害したクライアントが彼をにらみつけ、自分が誰かを思い出させようとして、急にはっとした。ダンテの褐色の瞳には、その気になれば軍隊さえ止められるほどの何かがあった。「座ってください」彼はデスクの前の椅子を示し、クライアントが腰を下ろすのを待った。「私のデスクをたたいたら、出ていってもらいます。私をたたいたら、刑事裁判を起こしますよ」

「私はただ――」

「話は十分聞きました」ダンテは再びさえぎり、ファイルをクライアントのほうに押しやって立ちあがった。「和解案を全部読んでいただいてからまた話しましょう」

ダンテは窓際に行き、ミラノの壮大な大聖堂を眺めた。書類に目を通すには時間がかかるが、それには慣れている。

もともとダンテは家族法を専門にするつもりはなかった。だが、他人が敷いたレールの上を歩くのはいやだった。

セヴは違った。少なくともしばらくは敷かれたレールの上を歩もうとしていた。

なぜ兄は電話をかけてきたのだろう？

祖父に何かあったのでなければいいが。

祖父のジオ・カサディオは、ダンテが唯一気にかける人物だった。彼がルッカに家を持ちつづけているのも、故郷に帰るのも、祖父がいればこそだった。たとえ帰郷が死ぬほどいやでも。

両親は二人の息子が家業であるトスカーナの丘陵地帯の大規模なワイナリーを継ぎたがっていると思いこんでいた。しかし、未来に何が待ち受けているのか、誰も想像だにしなかった。

法律を学ぶためにミラノに移り住んだ十八歳のとき、ダンテは企業法務を専門にするつもりだった。セヴはホテル業界に入ろうと考えていた。二人の両親、とくに父親は、二人の能力が組み合わされば家業がいっそう発展すると喜んだ。

かつては仲のよかった兄弟が、セヴの結婚式の前夜に仲たがいするとは誰一人予想もできなかった。花婿付添人のダンテが何針も縫う大怪我《おおけが》をし、目のまわりをオーダーメイドのスーツと同じくらい真っ黒にするとも。新郎の指が弟を殴ったせいで腫れあがり、結婚指輪をはめられなくなるとも。

両親とセヴの妻ローザがヘリコプターの墜落事故で悲劇的な死を遂げたときでさえ、兄弟が和解することはなかった。

むしろ、その悲劇は兄弟をさらに疎遠にした。

ワイナリーやルッカにあるカサディオ家の広大な土地、祖父の健康状態については、アシスタントを通じて連絡を取り合っていた。

兄弟がじかに話すことはめったになかった。

セヴは何を話そうとしていたのだろう?

そのとき、クライアントが口を開いた。「妻が恋しい」

ダンテは何も言わなかったが、珍しくクライアントの言葉に共感を覚えた。

「私たちは……」

一瞬、ダンテは目を閉じ、葡萄《ぶどう》畑を駆けまわったり、中世の町を囲むルッカの城壁にのぼって遊んだりしている幼い兄と自身の姿を思い浮かべた。二人は大の仲よしだった。兄と疎遠になったことを自分は残念に思っているのだと彼は悟った。

「聞いてください」かすれた声が出た。ダンテは咳《せき》払いをし、頭を仕事に切り替えると、デスクに戻りながら、慎重に切り出した。「お二人が合意に達しない限り、六週間後には法廷で判事が裁定を下すことになります」クライアントがまた口を開いたが、ダンテは手を上げて制した。「後悔の言葉や妻が恋しいなどという弱音は聞きたくありません。裁判になった場合、私はもちろんあなたの利益のために最善を尽くしますが、判事があなたに有利な裁定を下すとは思えません」デスクのファイルを示す。「私の弁護料と合わせると、スイスのシャレーを失う以上の損失をこうむることになりますよ」

「すでに負けているよ」クライアントが両手に顔をうずめた。「まだ彼女を愛しているとしたら、どうすればいい？」

ダンテほど恋愛相談に不向きな者はいなかった。

「来る場所を間違えましたね」彼はやさしく言った。倒れている人を蹴ったりするようなまねはしたくない。

「頼む」クライアントが顔を上げた。「教えてくれ」

「私は恋愛がうまくいったことなどないし、うまくいけばいいと思ったこともありません」ダンテは言った。ふだん恋愛のアドバイスはしないが、アドバイスを求められたときにはこう返すのが常だった。「人はときに取り返しのつかない失敗をすることもあります」

「一度だけだ……いや、一度だけじゃなかった」クライアントが正直に打ち明けた。「君が思っている以上に、私は自分の軽率な行為を悔やんでいる。私に何ができる？」

「いいでしょう」ダンテはそう言うと、しばし沈黙した。思い浮かべていたのはクライアントの妻ではなく自分の兄だった。「たとえ傷ついても、去る相手を尊重して潔く見送ることです」

「それができなかったら？」

「裁判で決着をつけることになります」

クライアントがオフィスを出ていく前に、ダンテは手を差しのべ、最後に一言忠告した。

「奥さんには連絡しないでくださいよ」

一人になったダンテは電話をかけた。

「もしもし」セヴが応じた。

「電話するように言っただろう？」

「ああ、ちょっと待ってくれ」セヴが人払いをし、ビデオ通話に切り替えた。ダンテはほほえむことなく、画面の中の自分にそっくりな男を見つめた。

違いはあった。セヴの瞳は灰色だが、ダンテの目は褐色で、同じように豊かでつやのある黒髪は、セヴのほうが少し長い。二人とも背が高く、大柄で、がっしりした顎とまっすぐなローマ鼻という造作も共通している。どこから見ても兄弟だ。かつてはセヴのほうが厳しい雰囲気だったが、今はほとんど変わらなかった。

「ドバイはどうだ？」世間話が嫌いとはいえ、クライアントに助言したように相手を尊重しなくては。

「暑い」セヴが答えたが、やはり世間話を好まないことが伝わるそっけなさだった。「ミラノはどうだ？」

「寒い」

「おまえに話がある」セヴが本題に入った。「ヘレネからおまえがまだ舞踏会の出欠の返事をしていないと聞いた。僕は今年は出席できない」

「行くつもりはない」ダンテは言った。

ダンテは祖父のワイナリーを代表して多くのイベントに出席していたが、ルッカの春の舞踏会だけは避けていた。

「ジオにとっては重要な舞踏会だ。僕たちが主催者なんだぞ」

「僕たち？」ダンテはきき返した。「僕はワイナリーのオーナーではないし、兄さんだってそうだ」

「ダンテ……」セヴがあきれた口調で言った。厳密には二人の祖父がオーナーだが、兄弟はともに経営に携わっていて、いずれは引き継ぐだろうと考えていた。願わくは、その日がまだまだ先であってほしいが。「最近、ワイナリーに行ったか？」

ダンテは兄を見つめた。ルッカには帰りたくない。とくにワイナリーに行くのはいやだ。

「いいや」ようやくダンテは答えた。ふだんろくに話さなくとも、今は話したかった。あれ以来、兄もルッカに帰るたびに悪夢につきまとわれるのかききたかった。「僕は――」

「予定が詰まっていたか？」セヴがあとを引き取った。「おまえが忙しいのはみんな知っている。それで、次はいつ帰るんだ？」

「わからない」ダンテはセヴが珍しく電話をかけてきた本当の理由を話そうとしているのを感じた。「二、三週間後かな。なぜ？」

「昨日ジオに電話したんだ」

兄弟は二人とも祖父のことを〝お祖父ちゃん《ノンノ》〟とは呼んでいなかった。そのほうが仕事がらみではやりやすかったからだ。

「ジオは少しぼんやりしているみたいだった」セヴが続けた。

「新しい携帯を使いこなすのに苦労しているからじゃないか？　クリスマスに使い方を教えたんだが」

「そのときジオはどんなふうだった？」

「いつもどおりだったよ。ただちょっと……」ダンテは二週間前のクリスマスを思い出した。「ちょっと元気がなかったな」兄弟が最も嫌っている日――一年に一度、強制的に呼び寄せられる日のことを口にするのはためらわれた。「ジオは舞踏会の計画を立てたがっていた。僕はまだ先のことだと言ったんだ。そのときは少しもぼんやりしていなかった」

「ジオは一人だった。使用人たちにはしばらく休暇を与えたようだ」

「だが、ミミがいるじゃないか」使用人たちが休暇を取ったとしても、家政婦のミミだけは残るはずだ。

「いたかどうかわからない」セヴが言った。「ジオはガウン姿で、もう昼だったのにまだ髭を剃っていなかった」

「ジオが？」ダンテはかぶりを振った。「たぶん……」

「スクリーンショットを撮ったんだ」

「わかった」ダンテは短く応じ、送られた写真を見た。

祖父は折り目正しい人物だった。いつも鳥と一緒に起き、完璧な身なりで朝の散歩に出かける。無精髭を生やしたガウン姿の写真は、何かがおかしいと告げていた。

ダンテは黙ってセヴを見た。一瞬、自分の眉間に走る傷跡に兄が視線を向けるのを感じた。セヴがつけた傷跡だ。だが、兄は急いで視線をはずし、ダンテと目を合わせた。

あのときのことを二人は決して口にしなかった。

「すぐに削除しろよ」セヴが命じた。「僕もそうする」

「ジオに会いに行ってくるよ」ダンテは言った。

「不意討ちで」

「いつ？」

予定は詰まっているし、今夜はデートだ。しかし、相手の名前を思い出せない。

「今から」

「僕の気のせいかもしれないし、仕事を放り出してまで行くことはない」

「ジオのことなんだぞ」ダンテは言い返した。

「そうだが……」

「なんでもなければいいんだが。ジオに会ったら連絡するよ」

「ありがとう」

別れの挨拶はなかった。

セヴが電話を切ると、ダンテは黙って座り、この二週間ほどで十歳は老けたように見える祖父の写真を見つめた。それからデートをキャンセルし、その場で彼女とのつき合いを終わらせた。

ジオのこと以外はどうでもよかった。

そのあとアシスタントを呼んだ。

「スケジュールを変更する」彼はアントニアに言った。「今夜ルッカに行く必要があるんだ」

1

スージー・ビルトンの笑顔は完璧だった。

ブロンドの髪は後ろできちんとまとめられ、黒のワンピースにはしわ一つない。黒のエプロンの片方のポケットには〈ペルラ〉のロゴが金糸で刺繍《ししゅう》されている。これから六時間立ちっぱなしになるため、靴は実用的な黒のローファーだ。

スタッフは給仕長のペドロから説明を受けていたが、スージーの視線は忙しそうな厨房《ちゅうぼう》に向けられ、生パスタを縄跳びの縄のようにくるくる回しながら笑っているシェフのクコーにそそがれていた。

「スージー？」

「すみません」スージーはすぐに視線を厨房からペ

ドロに戻した。

　この一カ月ルッカで暮らし、平日は語学学校に通ってクリスマスも新年もここで働いているスージーは、ペドロのイタリア語をほとんど理解していた。

「今夜は誕生日祝いがある。ケーキはサプライズだから、それまでは秘密に。それとプロポーズも」ペドロがにっこりし、スタッフもほほえんだ。

　ルッカの城壁沿いにあるこのレストランは優美で、大切な記念日を祝う場所としてよく選ばれている。

ペドロが今夜のメニューを説明した。「胡桃《くるみ》ソースであえたリコッタチーズとほうれん草のラビオリはクコーが担当する……」

　スージーは再び厨房に視線を向けた。今夜の準備であわただしく、たびたび大声が飛び交い、ときには笑いが起こっている。あの中の一員になるためならなんだって差し出すだろうと彼女は思った。

　きっといつかは……。この〈ペルラ〉では無理だけれど。

　ここの厨房で働きたくて応募したスージーは、なんでもやると支配人に請け合った。皿洗いでも玉葱《たまねぎ》の皮むきでもいい、このすばらしい五つ星レストランの厨房で働くチャンスを得られるなら、なんでもと。だが、彼女は厨房スタッフではなく、給仕スタッフとして採用された。

　理由はわかっていた。それが、スージーがここに来た理由だったからだ。一流のイタリアンレストランの厨房で働くにはイタリア語に堪能でなければならない。たとえイギリスであっても。

　スージーが独学でイタリア語を学ぼうとすると、元夫はあきれていた。彼は料理が単なる仕事ではなく、情熱の対象だとわかっていなかったのだ。それを責めることはできない。両親も、姉たちも、友人たちも、地元の大手チェーンのイタリアンレストランでシェフとして働くスージーの不満を理解していなかった。確かに料理をさせてもらえたが、メニューは決まっていた。しかも、下ごしらえされた料理を温めたり、定番のサラダに全店共通のドレッシングを加えたりすることがほとんどだった。彼女は自分で作りたかった。だが、まずはイタリア語を身につけなければならない。

　そのためスージーはルッカの語学学校で平日の午前中は授業を受け、シフトに入っていれば午後はウエイトレスとして働いた。

「バーのメニューは減らした」ペドロが伝えた。今夜は料理の準備で手いっぱいだからだ。高級店でもよくあることだった。

　スタッフたちが散っていき、最初の客が入ってきたが、スージーはその場にとどまった。

「スージー？」ペドロが眉をひそめた。

「お手伝いならできます」スージーがイタリア語で言うと、ペドロの顔にいらだちがよぎった。たどたどしい言葉に耳を傾けている暇はないからだろう。

「そうか」ペドロが英語で応じた。「では、君にケータリングをまかそう」ケータリングは通常なら受けないが、特別な客の場合は別だ。「ジオ、いや、シニョール・カサディオからまだ電話はないんだが、もしあったら頼む」

「わかりました」

「さあ、お客さまが待っている」

「はい」スージーは興奮を覚えながら向きを変え、今夜の最初のテーブルに近づいた。客はイギリス人で、イタリア語を試すチャンスはなかった。

　金曜日の夜で店はとても忙しく、まとめていた髪がほつれてしまい、スージーはペドロに注意されてスタッフルームに引っこむと髪を整えた。

「スージー」スタッフルームを出たとたん、名前を呼ばれた。「厨房に来てくれ！」

　スージーは期待に胸をふくらませて厨房に行った。

クコーがバースデーケーキの最後の仕上げをしているところだった。シェフ自ら腕をふるったケーキは見事な出来栄えだ。彼女はクコーが皿の縁を拭くのを見ていた。

「完璧だ」シェフがスージーにというより自分自身に言った。

「食べるのがもったいないくらい」スージーはほほえみ、クコーの気を引きたくて会話を続けようとしたが、彼は聞いていないようすだった。「今日は姉たちの誕生日なんです」ペドロがケーキの蝋燭《ろうそく》に火をつけると、スージーはイタリア語で言った。「でも、彼女たちのケーキはこんな——」

「〝姉たち〟ではなく〝姉〟、〝彼女たち〟ではなく〝彼女〟だろう」ペドロが訂正した。

だが、スージーは間違えていなかった。「いいえ、姉たちなんです。双子ですから」

そこでクコーが初めてスージーの話に興味を持った表情で質問した。「一卵性かい?」

それは誰もがする質問だった。

「ええ《シ》」スージーは答えた。

ペドロとクコーが近所に住む一卵性双生児の兄弟について話しはじめると、スージーに出る幕はなかった。その双子は別々に〈ペルラ〉に来ても、同じ料理を注文するという。ときには同じ服を着ていたこともあったそうだ。双子にはよくあるエピソードだとスージーは思った。

クコーがケーキを持ち、ペドロ、スージー、そしてシャンパンを持ったソムリエがその後ろに続いた。

「なんてすばらしいの!」女性が連れの男性にほほえみかけた。「今夜のことは決して忘れないわ」

スージーは思わず涙ぐんだ。ただ、感情が不安定なのはこのパーティのせいではなく、今夜ロンドンで開かれるはずの家族のパーティのせいだった。そうだとは認めたくなかったが。

とにかく今は、シニョール・カサディオの電話を待っていなくては。

彼が初めてレストランに電話をかけてきたのは去年の大晦日《おおみそか》のことだった。レストランは大忙しで、電話はすべて機械にまかせていたが、ペドロはシニョール・カサディオの声を聞いてすぐに電話に出た。

〝もちろんです、シニョール・カサディオ。喜んでお食事をお持ちしますよ〟

ペドロが電話を切ると、スージーは眉をひそめた。

〝ここはケータリングはしないんですよね？〟

〝ジオ・カサディオに頼まれればケータリングもする〟ペドロがそう答え、クコーと話をするために厨房に急いだ。

自分が配達係に選ばれたのは、新入りで、ここを抜けてもほとんど影響がないからだとスージーは思った。あるいは、料理の腕があることを少しは認めてくれたのかもしれない。カサディオ邸に着いたら生パスタをゆで、トリュフとチーズを下ろして、彼のコレクションからワインを選ぶことになっている。

午後八時ごろ、スージーがトレンチコートをはおり、首にしゃれたスカーフを巻くと、ペドロが包みを持ってやってきた。

「こっちにはフルーツコンポートとヨーグルトが入っている」彼が声を落とした。「明日の朝食用だ」

スージーはにっこりしてうなずいた。ペドロとクコーが家に独りぼっちでいる老人に気を配っているのがうれしかった。

「仕事がすんだら帰ってかまわない」

「ありがとうございます」

スージーは食事を運ぶだけではなかった。翌朝のコーヒーを用意したり、ソファに毛布を運んだりといったちょっとした仕事もしていた。

冷たい夜気の中に出ると、スージーは中世の町を囲む城壁に沿って歩いた。犬を散歩させる人もいれば、自転車に乗る人もいる。彼女は歩きながら古い町並みを眺めた。自分がまるで立ち入り禁止区域の外にいて、中に憧れのまなざしを向けているような気がした。

一卵性双生児の誕生から一年と一カ月後に生まれたスージーは、人目を引かず、気づかれないことに慣れていた。ただ、老婦人たちがほほえみかけるのが決まって自分ではなく双子たちなのには少し傷ついた。双子との合同バースデーパーティでは、いつも自分をおまけに感じた。

クコーに言ったように、今日は双子の誕生日だった。なのに家族のパーティからも、故郷からも、友人たちからも遠く離れ、異国の地でキャリアの階段の一番下に立っている。胸の痛みを認めないわけにはいかなかった。ひどく孤独だった。

「やめなさい！」スージーは声に出して命じ、自分を哀れむのをやめて歩くペースを上げた。喜ぶべきことはたくさんある。イタリア語が上達したら、フィレンツェの料理学校に通うつもりだし、その前には両親がルッカにやってきて、しばらく滞在することになっている。何よりうれしいのは、両親の訪問が私の誕生日と重なることだ。

男性について言えば……結婚はうまくいかなかったけれど、独りになったのは自分の意思だ。独身生活は気に入っている。

やがてカサディオ邸の巨大な鉄製の門の前に来た。老人が一人で管理するには広すぎる邸宅だ。家政婦の提案もあり、スージーは家具の一部を移動させて、ダイニングルームでも寝られるようにした。

昨夜は孫が電話をかけてきて、ガウン姿を見られたからといって、ジオは嘆いていた。

〝ビデオ通話は嫌いだ。セヴにあんな姿を見られたくなかった〟

〝大丈夫よ〟スージーはなだめた。〝きっとお孫さんは気づかなかったわ〟

彼女は暗い建物を見あげながら、髭《ひげ》を剃《そ》り、服を着るようにという勧めにジオが従ってくれていることを願った。

柱廊玄関《ポルチコ》を通り抜け、ダイニングルームに続くフレンチドアへと向かう。スージーはガラスを軽くたたき、取っ手を押しさげた。ジオが髭を剃り、服を着ているのを見て、思わず笑顔になった。それだけでなく、テーブルの上にはネックレスやイヤリングなどの家宝が並べられていた。

おそらくミミは指輪を贈られるだろう！

家政婦のミミは大晦日に出ていったとジオは言っていた。彼女にはもっと欲しいものがあったからだと。スージーは最初、お金だと思った。しかし違った。ジオの話を聞くうちに、ミミがもっと尊重されることを望んでいるのだとわかった。

そこでミミと連絡を取り、話をして、彼女がジオの秘密の恋人以上の存在になりたがっているのを知った。

「シニョール・カサディオ……」スージーは老人に呼びかけ、ほほえんだ。

「ああ、スージー……」

ジオが立ちあがりかけたので、スージーは手ぶりで椅子に戻らせた。そのとき、ジオが伝える前に部屋にもう一人いると気づいた。

「客がいるんだ」ジオがいやみっぽく続けた。「いつもは来る前に知らせてくるんだがね」

「招待状が必要だとは知らなかったな」

予期せぬ客が一歩前に出た。コートを着たままで、黒髪は雨で少し湿っていた。孫の一人に違いない。ジオが二人の孫の写真を見せてくれたことがあるが、どれもずっと昔のものだった。ジオの家族が恐ろしい悲劇によって引き裂かれる前のものだ。

孫の一人がやっとここに来てくれたのに安堵《あんど》すべ

きだろう。ジオのために誰かが来てくれたのを喜ぶべきだ。

だがその前に、スージーはハンサムなジオの孫に見とれた。頬がほてり、言葉に詰まって、胸がどきどきしている。どうにかしなければ。

写真ではこの男性の魅力を伝えるのは不可能だった。なぜなら、整った外見だけではなく、深みのあるまなざしや、壁際に立っているにもかかわらず部屋を支配しているような存在感も彼の魅力だからだ。

「私の孫のダンテだ」ジオが紹介した。

「ああ」スージーはかすれた声で応じた。「やんちゃな子のほうね！」

そのちょっとした冗談はまったく通じなかったらしい。彼のしかめっ面を見て、スージーは顔から笑みを消した。

弟のほうと言うべきだった。

穴があったら入りたかった。この男性には、ジオが話していたやんちゃな少年の面影はどこにもなかった。彼の唇にはほほえみのかけらもなく、その目は彼女が侵入者ではないかと怪しんでいた。

「ごめんなさい」スージーは言ったことを撤回できたらと思いながらキッチンに逃げこもうとしたが、ジオがまた口を開いた。

「ダンテがここに来たのは私のようすを確かめるためだ」

「ここは僕の家でもあるんだよ」ダンテがスージーから視線をはずし、祖父に向かって言った。

「いや」ジオがテーブルの上の宝石をもてあそびながら言った。「おまえはミラノに住んでいる。故郷のことなどとっくの昔に忘れてしまったんだ」

「それは違う」ダンテが言い返し、目を閉じた。彼の顔には疲労と痛みがにじんでいた。「クリスマスにはここにいたし、今もここにいる。ミミはどこだい？」

ジオは答えなかった。

「夕食の用意をしますね」緊張した空気の中でスージーは言い、メインキッチンとは別の簡易キッチンに入っていきながら礼儀正しくダンテに尋ねた。

「お食事していかれます？」

「いや」ジオが代わりに答えた。「ダンテはデートがあるはずだ」

「ああ」ダンテがそっけなく応じた。「そのとおりだ」

「そうだと思ったよ」

スージーはてきぱきと仕事をこなした。スカーフをはずすより先にパスタ用の湯をわかし、コーヒーメーカーをセットした。コートのボタンをはずしているとき、ダンテがキッチンにやってきた。

「どういうことだ？」

「えっ？」スージーは神経質に笑った。

「なぜ祖父は一人なんだ？」

まるで君のせいだと言わんばかりの口調だ。

「どうして電話をよこさなかった？」

「私があなたに電話を？」

ダンテの鋭いまなざしにスージーはとまどい、彼の瞳がチョコレートのような褐色だと気づくまいとした。チョコはチョコでもダークチョコだ。決して甘くはない。

「どうやって電話できるというの？」

「携帯電話を見ればいい」ダンテが目をそらし、小さなキッチンを歩きまわって、戸棚を開けたり閉めたりしはじめた。「祖父は最近、階下《した》で寝ているのか？」

「ええ。でも、それは――」

ダンテは説明を待たず、ほとんど空っぽの冷蔵庫をのぞきこんだ。「ろくに食べ物がない」

めったに弁解しないスージーだが、今は例外だと思った。「ジオはあなたのお祖父《じい》さんで、私の祖父じゃないわ。私は私にできることをしているだけ」

そう言うとコートを脱いでフックにかけた。ダンテの視線が黒いエプロンにそそがれるのがわかった。

「君は誰だ？」

「〈ペルラ〉で働いています。ご注文のお食事を届けに来ました」

　ダンテはそれ以上何も言わず、簡易キッチンから出ていった。

　パスタを湯に入れ、オーブンから出したばかりのオリーブ入りのパンをスライスしていると、ダンテがジオに尋ねている声が聞こえてきた。

「ミミはどこだい？」

「彼女の妹のところにいる」

「なぜ？」ダンテが詰問した。「いつそんなことになったんだ？」

　ジオがミミから昇給の要求があったからだと説明しはじめると、スージーは目を閉じて口を出すまいとした。

　ダンテは明らかにその言い訳を信じていないようだ。「じゃあ、昇給すればいいじゃないか」

「私に指図するな」

「一階しか使っていないのか？　いつからダイニングルームで寝ているんだ？」

「一部屋だけ暖かくしたほうが節約になる」ジオが言い返した。「我々は地球のことを考えなければならない」

「ジオ！　真剣にきいているのに。いったいどうしたんだ？　セヴが心配して――」

　スージーはもう黙っていることができなかった。

「痛っ！」彼女は叫び、ティータオルをつかんで手に巻いた。

　ダンテがドアのところまで来た。コートを脱いでいて、チャコールグレーのスーツ姿だ。ネクタイが少しゆるんでいるが、それを除けば、モダンなオフイスでも通用する格好だ。ただ、心配しているというよりはいらだっているみたいに見える。それから、誰かを呼ぼうとするかのように肩越しに振り返った。明らかにスタッフを呼びつけるのに慣れているのだ。

「どうしたんだ？」ジオが声をかけた。

「なんでもないわ、ジオ。ちょっと切っただけ」少なくともジオは心配してくれている。「ダンテがなんとかしてくれるわ」それからダンテと目を合わせ、声を低めて言った。「昨日、彼がガウンで過ごしていたことは指摘しないで」

ダンテは顔をしかめたものの、祖父との会話を保留にしてまた戸棚を開けはじめ、絆創膏《ばんそうこう》の箱を見つけ出した。

「ジオはセヴにガウン姿を見られて落ちこんでいたの」スージーはささやいた。「だからきっとお孫さんは気づいていないと言って慰めたのよ」

「そうか」ダンテが目を閉じ、深く息を吸いこんだ。

スージーはジオの信頼を裏切らないために、自分が身だしなみを整えるよう老人に言ったことは黙っていた。「セヴが気づいていたことは内緒にしてね」

「そのほうがよさそうだ」ダンテがそっけなくうなずいた。「君の手当てをしよう」そう言うと、ティータオルに包まれたスージーの手を取った。

スージーはダンテの浅黒い手と自分の白い手とのコントラストに気づいた。彼の手は冷たく、指は長く、高価な腕時計の文字盤が袖口からのぞいていた。彼女の腕に鳥肌が立ち、ダンテから漂う柑橘《かんきつ》系のコロンの香りに刺激されて鼻がひくひくした。

ダンテがティータオルをはずして手をあらわにする間、スージーはじっと立っていた。

「どこを切ったんだ？」スージーの手を引っくり返した彼が、傷一つない皮膚と真っ白なティータオルを見て顔をしかめた。そこでようやく彼女の策略に気づき、苦笑した。「切ったふりをしたのか？」

「ええ」スージーは答えたが、喉が炎症でも起こしているかのように声が妙にかすれた。「ジオにやさしくしてあげて」

ダンテが眉根を寄せ、スージーの手を取ったまま頭を上げて目を合わせた。スージーはジオとミミから話を聞き、このばらばらになった家族の歴史を少しは知っていた。今夜のダンテの傲慢な態度は、祖父のことが心配だったからだろう。祖父がガウン姿でいたくらいで孫が駆けつけてくるわけがないとスージーは思っていたが、セヴかダンテが訪ねてくるはずだというジオの言葉は正しかったのだ。

「ジオは少し元気がないの」スージーは言った。

「そうだな。やさしくするよ」

「よかった」

「絆創膏を貼っておかないと、ジオにばれるぞ」

「確かに」スージーはうなずいた。ジオはなかなか鋭いのだ。

長い指が絆創膏の裏のフィルムをはがすのを見ながら、彼女は胸をどきどきさせていた。

ダンテはどこに絆創膏を貼ろうか迷っているふうだったが、結局てのひらに貼り、上から軽く押さえた。その瞬間、スージーは何カ月も当惑しつつ抱えてきた疑問に答えが出た気がした。

なぜ私は二年間もうまくいっていたはずの夫との関係に終止符を打ったのだろう？

なぜなら、何かが欠けていたからだ。

それが何か、スージーにはわからなかった。ただ、夫に対してこういう魅力を感じた覚えがないのは確かだった。純粋に肉体的な魅力を。

今ダンテがキスをしても、正しいことだと思えるほど、スージーは彼に強烈な魅力を感じていた。

彼女はダンテの唇に目をやり、それからまだ彼に握られている自分の手に視線を落とした。

「ありがとう」

「どういたしまして」もちろんダンテはスージーの動揺にはまったく気づいていないようだった。

「いけない、ソースのことを忘れてたわ！」焦げついているに違いないとスージーはガス台に駆け戻ったが、ソースはわずかに煮詰まっただけだった。

「パスタをゆでて、それから……」彼女はクコーの指示を思い出そうとした。「ワインはソーヴィニヨンがよく合うはずよ」

「ありがとう」ダンテがどことなく皮肉な口調で言い、キッチンをあとにした。

よかった！

しばらくしてスージーは皿をダイニングルームに運んだ。ジオとダンテが特大のダイニングテーブルについているのを見て彼女は喜んだ。以前ジオはソファに座って食事をしていたからだ。食事をともにする相手がいて老人はうれしそうだった。

ダンテがワインをついだ。

「ありがとう」テーブルに皿を置くスージーに、ダンテが言った。そして彼女がチーズを下ろそうとすると、僕がやると言って下ろし器を取りあげ、ジオのパスタにチーズをかけた。

スージーはキッチンを片づけたあと、コートを取ってきた。

「そろそろ戻らないと。お店は忙しいから」

「手は大丈夫かね？」ジオが確認した。

「大丈夫よ」スージーは手を上げ、てのひらの絆創膏を見せた。「ちっちゃな切り傷だもの」それからスカーフを首に巻き、夜の町に出た。

後ろ手に大きな門を閉めると、ほっとして城壁へと歩きだした。

本当はしばらく座っていたかった。すべてが止まったかのようなさっきの瞬間をもう一度味わってみたかった。明らかに祖父を深く愛している尊大で傲慢な男性に思いをはせたかった。

「セヴと話をしたと言っていたな」ジオが探りを入れるように言った。

ダンテはさっきスージーが話を中断してくれたことに感謝していた。祖父に恥をかかせたくなかったからだ。

「セヴはなんて言っていた？」

「舞踏会に出られないそうだ」

「おまえは？」

ダンテは首を横に振った。「僕もだ」

「だが、カサディオ家の者は出なくては」

「そう言う自分は？」気まずい会話になるかもしれないと思いながら、ダンテは尋ねた。

「いや、あそこは私がおまえのお祖母ちゃん《ノンナ》にプロポーズした場所だから……」

「知ってる」ダンテは言った。「だが……」それはずいぶん前のことだと指摘したかったが、言っても無駄だと思い、口にしなかった。「本当に行けないんだ。裁判になりそうな大きな案件を抱えているから」

「離婚訴訟か？　結婚は神聖なものなのに」

「神を冒涜《ぼうとく》するのはクライアントであって、僕じゃない」

ジオがしぶしぶ笑った。「依頼人は誰だね？」

「その話はしたくない」

数週間後のニュースを見れば、孫が誰の代理人を務めているのかわかるだろうが、ダンテは自分から祖父に教えたくなかった。

幸いにもジオにはもっと緊急の気がかりがあった。

「セヴは他に何を言っていた？」

「べつに何も」

「おまえたちがときどき話をするのはいいことだ」

「たまには話しているよ」

「ダンテ！」ジオが声をあげた。「おまえたち二人はあれからまともに話していないじゃないか」

ジオがあの一件のことを言っているのは間違いない。

「悲しみの感じ方は人それぞれだ」ダンテは言った。

「セヴは妻を亡くして――」

「おまえたちはその前から仲たがいしていた」ジオが音をたててフォークを置き、残されたカサディオ家の男たちの暗黙のルールを破った。「セヴとローザが結婚する前夜、おまえたち二人は大喧嘩《おおげんか》をして……」祖父が立ちあがり、棚から額入りの写真を取ってダンテの前に突き出した。「おまえの傷はころんでできたんじゃない！　セヴの手はおまえを殴ったせいで腫れあがり、ローザは花婿に結婚指輪をはめてやることができなかった。あのときも今も、おまえの言うことは信じられない。ローザについてセヴに何か言ったんだろう？」

祖父の問いかけにダンテは内心驚いたが、長年の鍛錬のおかげでポーカーフェイスを保って答えた。

「僕はただ、本当に結婚を望んでいるのかどうかセヴにきいただけだ」

「なぜそんなことをきいた？」

ダンテはパスタの最後の一口をフォークにからめて食べた。ジオはローザを気に入っていた。だから結婚式の三年前に自分がローザとベッドをともにしたことも、彼女が結婚をもくろんで妊娠したかもしれないと言ったことも話せなかった。ローザが同じ作戦をセヴに使ったのではないかということも。

そこで曖昧に答えた。「セヴを気遣っているつもりだったんだ」

ジオが不満げに息を吐き出した。「人の花嫁選びに口を出してはいけないのに」

「今ならわかるよ」ダンテはむっつりと言った。「もう遅いが、忠告ありがとう」

驚いたことに、ジオが小さく笑った。「私のところに前もって相談に来ればよかったんだ」

ダンテは苦笑した。

「セヴから私がだらしなく見えたと聞いたのか？」

「えっ？」ダンテは意味がわからないふりをした。スージーの警告がなかったら、正直に答えていただろう。ジオが水を向けたのだから。彼は誇り高き祖父を見つめ、やさしくしてあげてというスージーの懇願を思い出した。「なんのことだい？」

「ビデオ通話だとは知らなかったんだ。セヴは間の悪いときにかけてきた」

「そうか」ダンテは少し考えてから言い添えた。「今はちゃんとして見えるよ。気分はよくなった？」

ジオがうなずいた。「髭を剃って一番いい服を着たら散歩に行きたくなるかもしれないと、スージーが言ったんだ」

「それで散歩に行ったのかい？」

「いいや。だが、宝石を取り出してみた」

「そうみたいだな」ダンテはコーヒーテーブルの上に散らばったネックレスやブレスレットや指輪に目をやった。「他に何をしていたんだい？」

「たいしたことはしていない」

「何が問題なのか教えてくれないかな？」

「おまえと同じように、話したくないこともあるんだ」ジオが話題を変えた。「いつまでここにいるんだね？」

「週末はずっといる。だから、必要なことはなんでもするよ」

「今夜は皿洗いかな？」

「やってみるよ」ダンテはいたずらっぽく笑った。

「明日、臨時の家政婦を手配しよう」

「その必要はない。手伝いたいなら、ワイナリーを訪ねてくれ」ジオが顔をしかめた。「おまえとセヴは私が死んだらさっさと売るつもりだろうが、生きているうちは――」

「ジオ」ダンテはさえぎった。「ワイナリーのことは気にかけているよ」

「ミラノにいてどうやって気にかけるんだ？」

「わかった。明日行くよ」ダンテは不本意ながら折れた。

両親とローザを乗せたヘリコプターが飛びたったのはその場所からだった。みんなが集まって知らせを待ったのも、丘の上の火災を見つめたのも。結婚式と葬儀が執り行われた教会の前を通るのは今でもつらい。

「ところで」ダンテは尋ねた。「ミミは戻ってくるのかい？」

「わからない」ジオが答えた。

祖父は葛藤しているようだった。話したくもあり、話したくなくもあるのだろう。

ダンテは皿を集め、簡易キッチンに運んだ。食洗機に入れようとしたとき、シンクに洗剤を垂らした湯がためてあるのに気づいた。スージーがジオのために用意しておいたのだろう。彼女は親切だ。

ダンテは大学時代以来久しぶりに皿洗いをし、グラスをすすいで、いつの間にか祖父の寝室と化したダイニングルームに戻った。

「行くのか？」ジオが尋ねた。

「そのつもりだよ」

「私は映画でも見よう……」

ダンテはやむなく祖父につき合うことにしてブランデーを片手にソファに座り、ソフィア・ローレン主演のモノクロ映画を見た。

「おまえのノンナはこれが好きだった」

「知っているよ」ジオが何度も話していたからだ。

ダンテはテレビ画面から視線をはずし、クリスマス以降の変化に気づいた。額入りの写真や古い蓄音機やテレビがここに運びこまれている。最も理解できないのは、二人が今座っている重厚なソファを応接室から移したことだ。「どうやってこのソファを運んだんだい？」

「スージーだよ」

「どうやって？　あんな小柄なのに」

　ジオは答えなかった。豊満なソフィア・ローレンを見ながら、明らかに祖母との思い出にひたっているようだ。ダンテの脳裏に、この夜をどうにか救ってくれた華奢《きやしや》なウェイトレスの姿が浮かんだ。

「まず私に話すべきだったんだ」ジオが突然言い、ダンテは物思いから覚めた。画面に目をやると、映画は終わっていた。

「いつ話せばよかったんだ？」

「ローザのことが気がかりだったのなら、セヴではなく私のところに来るべきだった」

「その話はもういいよ」ダンテは釘《くぎ》を刺した。帰るなら今だ。彼は立ちあがり、コートを取った。「明日ワイナリーに行く前にまた来るから」

「ダンテ、おまえは私のところに来るべきだった」

「ジオ……」うんざりして一瞬目を閉じたダンテにはかまわず、祖父が続けた。

「私もセヴとローザの結婚には賛成じゃなかった」

　とっさに聞き違いだと思った。ダンテはポーカーフェイスの達人だったが、ジオと目を合わせる前に顔から驚きをぬぐい去るのにたっぷり一秒かかった。

「ローザを気に入っていたじゃないか！」

「私はセヴを大事に思っている。だからローザのことも好きになろうとした。だが、彼女の家族が私のワイナリーを狙っていたのは確かだ」

「セヴにそのことを話した？」

「いいや」ジオが首を振った。「おまえに今初めて話した」

「よかった。セヴは彼女を愛していたから」ダンテは自分の傷跡を指さした。「何も言わないほうがいい。僕がローザとの結婚について問いただしたせいで、僕たちは決裂したんだ」

「彼女の家族が結婚に躍起になっていたのをセヴに言ったのか？」

「その可能性をほのめかしただけだよ」

「なぜ疑わしいと思った？」

祖母に生涯誠実だった祖父に真実を明かすつもりはなかった。かつてローザとベッドをともにしたことは祖父が知る必要のない情報だ。ましてセヴは決して知ってはならない。

「ただの勘だよ」ダンテはそう言って肩をすくめた。「おやすみ。また明日」

家を出たダンテは寒さにコートの襟を立てて城壁沿いを歩きながら、セヴに電話をかけた。

「ジオは大丈夫だ」ダンテは兄の留守番電話にメッセージを吹きこんだ。「だが、ミミは出ていった。ジオはもちろん自分からそのことを兄さんには話さないだろうが。ただ、若い女性が手を貸してくれて……」スージーとのやりとりを思い返し、言葉を切った。彼女が手を切ったふりをしなければ、今夜はもっと違った展開になっていたかもしれない。彼は小さくほほえんだ。「週末はここに滞在するよ」

ダンテは並木道を進んだ。ここには至るところに記憶が染みついていて、歩くのがいやになってくる。

〝ダンテ！〟

ローザが呼ぶ声、ダンテに追いつこうと走るヒールの音が聞こえてきそうだった。一夜限りの関係から三年後、帰郷した自分に追いすがってきた彼女にいらだったことを覚えている。

〝ダンテ、お願い〟

まるで過去に追いかけられているようで、ダンテは早足になった。

〝話があるの〟

ローザにつかまれた腕を、ダンテは振り払った。

〝話すことは何もない。僕に近づくな〟

〝ダンテ、私の言うことを聞いて。今夜発表するけど、セヴァンドロと私は婚約したのよ〟

　夏の暑い日だったが、ダンテは血が氷のように冷たくなるのを感じた。ルッカでは音楽祭が開催されていて、谷から音楽が聞こえてきた。

〝まさか〟彼はかぶりを振った。〝セヴは君のことなんか一言も口にしなかった〟

〝急に決まったのよ。昨日、セヴァンドロが父に話したの。あなたと私のことは二人の秘密よ〟

〝君と僕のことなんてない〟ダンテはそれまで何度も口にしたせりふを繰り返した。

　それまでダンテに執着していたローザは、あっさりうなずいた。〝ええ、あれは一度きりのこと〟そこで深呼吸をし、まばたきをして空涙を払った。

〝セヴァンドロには絶対に言わないで〟

　ダンテは最も古い手を使って自分を手に入れようとした女を見やった。〝妊娠したとセヴに言ったのか？〟

〝私たちのことに立ち入らないで！〟

〝立ち入るなだって？　セヴは僕の兄なんだぞ〟

〝あなたのお兄さんは私に恋しているの〟ローザが挑むように言った。〝三年前のことを話したら、お兄さんを失うはめになるわよ〟

　ローザの言葉に耳を傾けるべきだったのかもしれない。〈ペルラ〉の前まで来たダンテは、入口のアーチに寄りかかりながらそう思った。

　ローザとの間に何があったかは話さなかったものの、結婚について考え直すよう遠回しにセヴにほのめかしはした。家族法を勉強し、離婚の際の財産分与にも詳しくなったと言ったのだ。しかし、効き目はなかった。

　結婚式の前夜、ダンテはもう少し踏みこんでみた。ローザが結婚をもくろんで妊娠したと言ったのではないかと……。

だが、最後まで言いおえられなかった。セヴに殴られたからだ。

ローザの言うとおりだった。

ダンテは兄を失った。

「やあ、スージー」

その名前の響きがダンテを暗い記憶から引き戻してくれた。トレンチコートをはおり、スカーフを結んで店から出てきたスージーは、傘を開いたり閉じたりしている。

「スージー？」

彼女が傘を差してからダンテを見た。「あら、また会ったわね」

「偶然じゃない。君にあやまりたくて来たんだ」

2

「スージー」

ダンテが口にすると、その名前はなぜかセクシーに響いた。スージーは呼びかけられるより早く彼がいるのに気づいていた。そして壊れかけた傘より、胸の中で蝶《ちょう》がはばたいているような動悸《どうき》のほうがどうにもならないと知った。

傘が不完全な形に開いたとき、スージーは精いっぱい快活に言った。「あら、また会ったわね」

「偶然じゃない」

まあ、私に会いに来たのね！

「君にあやまりたくて来たんだ」

「あやまる？」スージーはきき返した。「さっき失礼な態度をとったのを？」

「ああ」ダンテがうなずき、かすかにほほえんだ。少なくともスージーにはそう見えた。

　息をのむ瞬間というものがあるのは知っていたが、これはそれ以上だった。スージーは声が出せず、動くことさえできなかった。

　するとダンテが沈黙を破った。「手の〝切り傷〟はどうだい？」

「よくなったわ」スージーは絆創膏《ばんそうこう》のはがれた傷一つないてのひらをかざした。「私、治りが早いの」

「そのようだな」ダンテがうなずいた。

　スージーの人生で最も奇妙な瞬間だった。彼女はダンテが自分の手に触れたときのことを思い出していた。あのときは心臓が口から飛び出しそうだった。それは今も同じだ。そんな自分に呆然《ぼうぜん》としながら、スージーは突っ立っていた。

「僕の過剰反応だった。セヴから電話があって、僕はてっきり……」ダンテが力なく肩をすくめた。

「わかるわ」スージーはうなずいた。「ジオのようすを見に来てくれてありがとう」

「いつも気にかけてはいるんだ。今週末はここにいるよ。手を貸してくれてありがとう。それと、手間賃について話し合わなければ」

「その必要はないわ」スージーは唇をきつく結んだ。ミミとの取り決めを明かす気はなかった。

「君は食事を届ける以上のことをしている」

「そんなことはないわ」

「じゃあ、いつも食事を届けるお客全員に翌朝のコーヒーを用意するのかい？　シンクに洗剤を垂らした湯をためたり、家具を動かしたりするのか？」

「いいえ。でも、たいしたことはしていないわ」

「祖父に何が起きているのか知りたいんだ」ダンテの口調がやわらいだ。「僕も祖父を助けたいんだよ」

「私は……」新しい友人の信頼を損ないたくなくて、

スージーはためらった。「ちょっとしたお手伝いをしているだけ。考えたんだけど……」ダンテの褐色の瞳を見て、急に思考が停止した。

「何を？」彼が促した。

「もう遅いわ。帰らなくちゃ」ダンテが冷たい空気を追い払い、このひとときを華やいだものにしてくれた気がした。「今日は長いシフトだったの」

ダンテがうなずいた。「どこに住んでいるんだい？」

スージーはアパートメントの方角を指さした。

「じゃあ、おやすみ。さっきはすまなかった」

去っていくダンテを見ながら、スージーはどうしていいかわからず、その場に立ちつくしていた。確かにアパートメントはさっき指さした方角にあるが、彼女のお気に入りのジェラート店はダンテが向かっているほうにあるのだ。

長時間働いたあとで甘いものが食べたかった。

ダンテが気づかないことを祈りながら、スージーは彼の少し後ろから小道を歩きだした。


ダンテは最初、スージーに気づかなかった。

振り向いたのは、スージーの重い靴音のせいではない。そうではなく、今日自分を何度かほほえませてくれた女性をもう一度見るためだった。

そして、数歩後ろに彼女がいると知った。

ダンテは顔をしかめて前に向き直ったが、足音が近づいてきたので、もう一度振り返った。

「あなたのあとをつけているわけじゃないの。仕事が終わったあと、ジェラートを食べるのが楽しみなのよ。今夜はずっとそのことを考えていたの」

「そうなのか？　何味がいい？」

「まだわからないわ」スージーが言った。「ひととおりメニューを見るつもり。でも、レッドベルベット——赤いココア味が好きよ」

「だったらそれにすればいいんじゃないか？」

「新しいものに挑戦したいの。夜中にジェラートを食べるのが習慣になったのは、〈ペルラ〉で働きはじめてからよ」

「それはいつごろ？」

「一カ月前よ」スージーはここで語学の勉強をしていることを話した。「もうすぐフィレンツェの料理学校に行くんだけど、そのためにはイタリア語に堪能でなければならないの。イタリア語で話してもいいかしら？」

「リエート・ディ・アコンテンタルラ」さっそくダンテは言ったが、スージーが顔をしかめるのを見て翻訳した。「喜んでそうさせてもらうよ」

「ありがとう。でも……」スージーがうなだれた。

「もう真夜中だし、頭がこんがらかるからやめましょう。それに私もごめんなさい」

「なんのことだい？」

「意地悪だったわ。ジオのこと、あなたのお祖父《じい》さんで、私の祖父じゃないって言ったとき」

「ジオは僕の祖父だ。意地悪じゃない」

　スージーは聞いていないようだった。目を輝かせているのはジェラート店が視界に入ったからだろう。人気店らしく、遅い時間にもかかわらず、通りには行列ができていた。

「あなたも食べる？」

　ジェラートは好きじゃないと言おうとして、ダンテは思い直した。「僕が買ってこよう」

「いいえ、それは……」

「たかがジェラートじゃないか。何味にする？」

「ああ、どうしよう！」まるで複雑な数式の解答を求められたかのように、スージーは困った顔でメニューのボードを見た。「ピスタチオにして……ううん、やっぱりエスプレッソ」そこで首を振った。

「レッドベルベットだね？」ダンテが確認すると、

スージーがうなずいた。

「私ってわかりやすい女なの」彼女がため息をついた。「あなたは何にするの？」

「アマレノ――サワーチェリーだよ」

やがて二人はそれぞれ選んだジェラートを手にした。ダンテは彼女の視線を感じた。

「ありがとう」

「どういたしまして」

「それじゃ、私はあっちだから……」スージーが顎で方角を示した。「おやすみなさい」

「おやすみ《ブォナ・ノッテ》」

ああ……。

すばらしくセクシーな男性になめらかなイタリア語で挨拶され、スージーは頭が働かなくなった。ジェラートとときめきを同時に味わうという新しい経験にうきうきして歩きだしながら、下の孫がどんなにハンサムかジオが警告してくれればよかったのにと思った。

「スージー？」

まだ二歩も進まないうちにダンテが呼びとめた。

「一つきいてもいいかい？」

スージーは振り返った。雨の中に立つダンテは美しかった。「いいわよ。答えられるかどうかは別だけど」

「どうやって家具を動かしたんだい？」

スージーは小さく笑い、傘の下で片腕を曲げてみせた。「私、たくましいの」ダンテがうなずく。「私もききたいことがあるんだけど」

「どうぞ」

「あなたに電話すればよかったと言ったわね。どうやって連絡できたというの？」

「携帯を見ればいい」ダンテが肩をすくめ、スージーを見つめ返した。

その瞬間、彼女は鳥肌が立った。「でも、あなたが誰なのか、どこで働いているのかも知らなかったのよ」

「二分もあればわかる」

「あのね……」スージーはあきれた。「おやすみなさい、ダンテ」

今度こそ彼女は歩き去ったが、頭の中は疑問でいっぱいで、めまいを覚えた。

ジェラートはいつも以上においしく、アパートメントの入口に暗証番号を打ちこむまでには食べおえていた。スージーは傘をたたんでスタンドに立て、階段をのぼって自分の部屋のドアを開けた。玄関ホールの鏡に映った顔は紅潮し、瞳はきらきらと輝いていた。まるでキスをされたかのように息がはずんでいるのは、決して階段をのぼったせいではない。

ルームメイトたちはもう寝ているか外出しているようだ。スージーは寝室へ行き、ベッドに倒れこんだ。これは動揺？　いいえ、それ以上よ。私は彼のとりこになっている。

スージーは携帯電話で検索しはじめた。確かにダンテを見つけるのに二分もかからなかったけれど、それにしても、この敏腕の弁護士がたかがウェイトレスに電話をかけ直すだろうか？

好奇心を覚えながら、スージーはダンテの法律事務所の番号に電話をかけた。

「もしもし」留守番電話に向かって言った。「スージー・ビルトンと申します。ダンテ・カサディオと話したいのですが……」ジオのことが頭にあったので、なめらかに続けた。「個人的な用件で」

電話を切ると、スージーは携帯電話の画面をさらにスクロールし、ダンテが華やかな夜を過ごしたという何人もの美女たちの画像を眺めた。

ダンテは道端の物乞いにせがまれ、ジェラートを渡した。「さあ、どうぞ」

それからまもなくコルソ・ガリバルディの頂にある自宅に着いた。いつもならパートタイムの家政婦に前もって帰宅を知らせるが、今回はそうしなかった。そのためか、部屋には生活感というものがまったくなかった。明かりはともっておらず、飲み物も食べ物もない。

ここは家ではない。

この家は買ったときのまま空っぽだ。何年たっても新居みたいで、喜びや安らぎを与えてはくれない。むしろ、自分がいかに空虚な存在であるかを痛感させられる。だが、ジオが生きている限りここに住みつづけるつもりだ。

そのあとは……。

ジオはどんどん年老いている。もちろん祖父のことは心配しているが、今まではミミがそばにいた。

ダンテはミミが家事をこなしているだけではなく、ジオに思いを寄せていることを知っていた。

今、祖父は明らかに悲しんでいる。なんとかしなければならない。

どうやって？

ダンテはシンクに行き、ジェラートでべとべとになった手を洗った。もっと情報を集めよう。スージーの慎重さには感心するが、何も話してくれないのは腹立たしい。

明日彼女に会ったら、聞き出そう。

ジオに関すること、語学学校のこと、フィレンツェの料理学校のこと、ジェラートの好みのこと……。

今まで人を待ち伏せした覚えなどないが。

スージーは自分をわかりやすい女だと言っていた。

とんでもない。彼女は僕にとって謎の塊だ。

3

スージーは携帯電話の着信音で目を覚ました。そのあとルームメイトのジュリエットがバイオリンの練習を始めたので、布団を頭からかぶった。ジュリエットは決まって同じところで音をはずすのだ。この同じイギリス人のジュリエットの他に、地元出身のルアンナというルームメイトがいる。

今日は土曜日だ。週末はイタリア語の授業もなく、午前中にミミに会うまでは予定はない。

ミミが毎日イタリア語の個人レッスンをしてくれるときにジオのようすを伝えていることをダンテに話すべきだっただろうか？

いいえ。ジオはミミとの関係を孫たちに隠しておきたがっている。

ミミがただの家政婦扱いにいやけが差して出ていったと知ったら、ダンテはなんと言うだろう？

きっと彼はもう知っているはずだ。あの訳知りな褐色の瞳は何も見逃さないに決まっている。

ジオがセヴとローザの結婚式の写真を見せてくれたから、兄弟が負傷したことは知っている。そしてミミは、兄弟の関係がどれほどこじれているかを話してくれた。

スージーは自分の手からティータオルをはずしたときにダンテが顔をしかめたこと、そして、切り傷がないと気づいたときに彼が苦笑したことを思い出した。

コーヒーが用意できたとルアンナが知らせると、ありがたいことにバイオリンの音がやんだ。眠るのをあきらめ、携帯電話に手を伸ばしたスージーは、双子の姉たちとのグループメールにメッセージが届いているのを見てうれしくなった。

〈あの物件、最高だったわ！〉

まだ寝ぼけたまま不動産物件と思われるリンクをクリックすると、すでにメッセージは削除されていた。間違って送られたのだと気づくのに少し時間がかかった。たまにあることだが、スージーはそのたびに傷ついた。双子が二人でフラットを借りようとしていることは、母親の言葉の端々からすでに察しがついていた。削除したのは、その件だからだろう。

ジュリエットとルアンナがキッチンで談笑しているのが聞こえてきた。二人とも感じがいいのに、スージーはなんとなく疎外感を覚えていた。一時的な同居人だからというだけではなく、彼女たちは音楽がエネルギーの源であり、主な話題だったからだ。

スージーは隣の部屋で姉たちのおしゃべりを聞いていた子供のころを思い出した。当時は仲間はずれにされた気分だった。セリアとカサンドラがおしゃべりしたり、くすくす笑ったり、やがては失恋して泣いたりするのは、毎晩小さなパーティが開かれているみたいな騒ぎだった。

スージーは朝食をとりに出かけることにした。今日は一日じゅうイタリア語を話そう。黒のセーターと黒のタイツにオレンジ色のコーデュロイのジャンパースカートに身を包むと、キッチンに駆けこんだ。

「おはよう《ボンジョルノ》！」

「おはよう」ルアンナがほほえむ。「今朝は――」

スージーは手を上げた。「イタリア語《イタリアーノ》で」

ルアンナがオレンジ色は大好きな色で今日の格好はすてきだとイタリア語で言ったあと、英語に切り替えた。「ところで、ミミと知り合いなの？　カフェで一緒にいるのを見たことがあるわ」

「ええ」スージーはうなずいたが、語彙が足らずにジオについて話しているのだとは言えなかった。ジオも私生活の話をされるのを好まないだろう。「彼女にイタリア語を教えてもらっているの」

ルアンナがジュリエットのほうを向いた。「ミミは昔、とても有名なオペラ歌手だったのよ」

「まあ」ジュリエットが言った。「オペラ、大好き」

二人はまた音楽の話に戻った。


雨は上がっていたものの、トレンチコートとスカーフはまだ必要だった。それでも、空は淡いブルーで、ここに住んで以来最も澄んでいた。今ではすっかりこのルッカの町が気に入っている。

スージーは景色を楽しみながら、古い石畳の通りをぶらぶら歩いていった。ミミが出演したこともあるという華やかなオペラ座の前を通り過ぎた。ミミが出ていたなら、オペラに足を運んだかもしれない。プッチーニ生誕のこの地では、オペラはしじゅう上演されている。

すべての道は町の中心にあるアンフィテアトロ広場に通じているようだった。パステルカラーの高い建物に囲まれた広場はかつての円形闘技場で、観客が見守っていた場所には今はカフェやレストランがあり、パラソルを立てたテーブルが置かれている。彼女は朝食をとるのによさそうな店を探した。

「やあ」

スージーはその深みのある声に驚いて足を止めた。振り返ると、カフェのテーブルでダンテがコーヒーを飲んでいた。カシミヤに違いない黒いセーター姿で、カジュアルに装っていてもエレガントだ。そして、こちらに向かって手招きしていた。

スージーはダンテのもとへ行った。

「また会ったわね」彼女はそう言ってほほえんだ。

「ここにいれば誰かしらに会うんだよ」

「サワーチェリー味はどうだった？」

「サワーチェリーの味がしたよ」ダンテが答え、自分のテーブルを手ぶりで示した。「一緒にどう？」

「ジオのことを詮索しないのなら」スージーはそう言いつつ、彼が何も約束しないうちに腰を下ろした。

「ちょうど注文しようとしていたところだ」ダンテがウェイターに合図した。

「メニューはあるの？」

「必要ないよ。パンとペストリーと……」

スージーは顔をしかめた。「私、もしかしたらグルテン不耐症かもしれないわよ」

「それなら、ゆうべあのジェラートのコーンを食べるべきじゃなかったな」ダンテがそう言いながら折れた。「メニューを持ってきてもらおう」

ダンテが二人分の注文をしてまもなく朝食が届いた。彼はさっそくパンをちぎって食べはじめた。

「今日もイタリア語で話すことになっているのかい？」

「土曜日は違うわ」スージーはさっきの誓いも忘れて嘘《うそ》をついた。ダンテとぎこちない会話を交わしたくなかったからだ。

「ここで君に会えてよかった。礼を言いたかったんだ」

「お礼ならもう聞いたわ」彼女は肩をすくめた。

「ジオとミミのことなら知っているよ」

「ジオとミミのことって何？」

ダンテはスージーが慎重さを保っているのに感心した。「ミミが家政婦以上の存在だってことはとっくに察しがついていた」そう言っても〝ミズ・慎重〟は何も言わなかった。「だが、ジオは僕が知っていることを知らない」

ようやくスージーがダンテを見た。ブルーの瞳には好奇心が輝いている。「お兄さんは？」

「二人の孫のうちまじめなほうだろう？」ダンテは言い、顔を赤らめるスージーを見つめた。昨夜の自分の言葉を思い出したのだろう。「君は？　兄弟姉妹はいるのかい？」

「姉が二人いるわ」スージーがなぜか急に言葉を切り、話題を変えた。「あなたのことをちょっと調べたんだけど、弁護士なのね？」

ダンテはうなずいた。「専門は家族法だ。ジオに言わせれば、僕がしているのは悪魔の仕事だそうだよ」

スージーが驚いたように目を見開いた。「クライアントの込み入った話も聞くんでしょうね」

「首を突っこまないようにしているよ」

「そんなことができるかしら？」

「大きな事務所だから、僕は夫婦の資産の分割を扱っている。泣きだしたクライアントにティッシュを渡すのは得意じゃないんだ」

それを聞き、スージーが声をあげて笑った。気がつくと、ダンテはほほえんでいた。

いつまでもたってもジオの話ができない。

よく見ると、スージーの淡いブロンドの髪には蜂蜜色が交じり、まつげがきれいにカールしているのがわかった。昨夜も着ていたトレンチコートを着て、同じスカーフを巻いている。屋外の席なので、その下の服装はわからない。

昨夜コートを脱いだスージーの華奢《きゃしゃ》な体型が思い出された。いつの間にか、コートの下に着ている服だけでなく、どんな色なのかも気になり、推理ゲームを始めていた。

もちろん、それは仕事でもときどきやっていることだ。ただ、これは仕事ではない。

スージーはふだんダンテがデートをしている女性たちとは似ても似つかなかった。彼が心を許すことはなく、一緒に過ごせるのはベッドルームの中だけだと知っている洗練された女性たちとは。

ダンテはスージーと目を合わせ、自分でも驚いたことに、彼女がほほえむと一緒になってほほえんだ。

いつもはめったに笑わないのに。もし携帯電話が鳴らなかったら、スージーの瞳のブルーの濃淡をもう少し観察していたかもしれない。彼は携帯電話に目をやった。「すまない《スクージ》、出ないとならない」

「どうぞ出て」

ダンテが席を立つと、スージーは広場を眺めた。もうすぐミミと会う時間で、いつもそれを楽しみにしているのに、今朝はダンテともっと一緒にいたくて、キャンセルしたくなった。

「すまなかった」

聞き慣れてきたはずのダンテの声に、スージーはどきっとした。

「気にしないで」

「まずいことになった」

ダンテは皮肉な笑いを浮かべてコーヒーを一口飲み、スージーを見た。スージーは昨夜、ジオについて探ろうとしても何ももらさなかった。彼女なら信用できるとダンテは思った。

「先日クライアントと面会したとき、最後に念を押したんだ。奥さんに連絡するなって。ところが！」

「彼はあなたの忠告を聞かなかったのね？」

「そのとおり」

ダンテはこんな話をしているのが我ながら不思議だった。陽気のいい土曜日にアンフィテアトロ広場のパラソルの下に座り、スージーの穏やかな声を聞いて、いつもの警戒心が少し解けたのだろうか。

「彼はゆうべ酔っ払って自分の非を認め、今後は態度を改めると便箋六枚にわたって書いた」

「まあ！」スージーがくすりと笑った。

「そして彼はそれを届けた。事前にメールで送ってくれたら、少なくとも読めたのに」

「ラブレターはたくさん読むの？」

「お金がらみのときだけだよ」

スージーが心から愉快そうに笑った。

ダンテが驚いたのは、自分がもっと話したがっていることだった。もちろん、クライアントの名前や身元は伏せて。

スージーはいずれイギリスに帰るだろうし、この週末が過ぎれば、もう二度と会うことはないだろう。

「奥さんに連絡するなと言ったのは、トラブルを引き起こすだけだとわかっているからだ。人は動揺すると、後悔するような言動をしがちでね」

「私は違うわ」

スージーの言葉にダンテは眉根を寄せた。「恋愛でも？　つき合っている人はいるのかい？」

「いいえ」スージーが肩をすくめた。

ダンテはもっと詳しく話してほしかったが、今度は彼女が尋ねた。

「あなたは？」

「僕は恋愛はしない」

スージーが目を合わせ、ダンテは今こそ自分の主義をはっきり伝えるときだと思った。

「デートの相手とは深く関わらないことにしているんだ」

「深く関わらないでどうしてデートできるの？」

「長くはつき合わないからね」

「なら、誰とも真剣につき合ったことがないの？」

「一度もない。これからもないだろう」

「たくさんの女性を傷つけてきたんでしょうね」

ダンテは首を横に振った。「お互い納得ずくだよ。ディナーを楽しんだり、すてきな夜を過ごしたり」

顔見知りのウェイターが笑顔でコーヒーのお代わりをつぎに来た。「お友達ですか？」

「スージーだ」ダンテは硬い笑みを浮かべて答えた。デートの相手をここへ連れてきたことはない。カサディオ家は何かと噂《うわさ》の的になるからだ。彼は前もってゴシップの芽を摘むことにした。「彼女はジオの世話をしているんだ」

「ああ、なるほど……」

スージーは気軽なコーヒーデートの相手からジオの家政婦か看護師に降格させられたと感じ、そして気づいた。ダンテが自分と会おうとした本当の理由に。彼はおそらく、ジオの臨時家政婦にならないかと私に持ちかけたかったのだろう。

ダンテに雇われたくなんかない。

スージーの心は沈んだ。

もちろん、ダンテのようなゴージャスな男性が私を雇い人以上の存在として見ることはないだろう。

「スージー、考えていたんだが――」

「やめて」スージーはさえぎった。「返事はノーよ」

わけがわからないようすでダンテが彼女の目を見た。

「私はレストランの仕事が気に入っているの」

「なんの話かな？」

「ジオのようすを見るために私を雇おうとしているんでしょう？」

「いいや」ダンテが首を横に振った。

「そうなの？　よかった」スージーは小さく笑った。

「ジオのことは大好きだけど……」

「わかってる」ダンテがコーヒーを一口飲んだ。

「ジオのことは友達だと思っているの。彼とおしゃべりするのも、彼に手を貸すのも楽しいわ。でも、それでお金をもらいたいとは思わない」

「そんなことを言うつもりはなかったよ」

「だったら何を言おうとしたの？」ジオに関することなのは間違いない。

「今夜、食事に行かないか？」

「食事？」スージーは顔をしかめた。「ジオの話をするために？」

「そうじゃない」

スージーは唾をのみこんだ。カフェのヒーターが急に強くなったのか、ひどく熱い。トレンチコートを脱ぐか、氷水を頭からかぶりたい。

こんなに単刀直入に誘われたのは初めてだった。まして、この最高にセクシーでゴージャスな男性に――触れてもいないのに私を興奮させる男性に誘われるなんて。

目を上げてうなずきたかった。どこへでも連れていってと言いたかった。

スージーは息を吸いこみながら、呼吸することをほとんど忘れていたのに気づいた。そして、勇気を出してイエスと言えたらと願った。席を立ってダンテのベッドへ連れていってもらえたらと。

しかし、彼女はその点では決して勇敢ではなかった。実際、セックスは好きではなかった。


「今夜は仕事なの」スージーは言った。

「かまわない」

「でも……」なんと言えばいいのだろう？　スージーは財布を取り出した。「もう行かなくちゃ」これは嘘《うそ》ではない。顔を赤らめながら先を続ける。「友達に会うのよ。ジュリエットに。遅刻しそう」

半分払うという申し出はダンテにきっぱりと断られた。スージーは背中に彼の視線を感じながら立ち去った。

「スージー！」ミミが完全にパニックに陥って呼びかけた。「ダンテがいたわ」

「そう《シ》？」スージーはイタリア語で、昨夜ジオの家でダンテに会ったとミミに話した。さっきまで彼と一緒だったとは言わなかった。食事に誘われたことも。

「アヴォカット！」

ミミがアボカドと言ったと思い、スージーは顔をしかめた。それから自分の聞き違いに気づき、笑った。ミミはダンテが弁護士《アヴオカット》であることを嘆いているのだ。

「ダンテは私がジオのお金とワイナリーを狙っていると考えるでしょう。彼とセヴはジオを説得するために全力を尽くすはずよ」

「ミミ！」スージーはミミを落ち着かせようとした。「あなたがただの家政婦でないことは、きっとあの兄弟も知っているわ」そう言うと、おそらくこの世で最もグラマラスな八十代の老婦人を見た。「あなたはオペラ歌手だったんですってね」

「多くの芸術家が晩年は不遇なのよ」ミミがため息をついたが、そこで急に顔を上げた。「ダンテ！ボンジョルノ！」

「また会ったね」ダンテにまっすぐに見つめられ、スージーは身もだえしたくなった。

「彼女にイタリア語を教えているの」ミミが言った。

すると今度はダンテがイタリア語に切り替え、今話せないかとミミに尋ねた。だが、もちろんミミは断り、〝さよなら《チャオ》！〟と言って急いで席を立った。

スージーはあとを追う間もなく、ダンテと二人で取り残された。

「ジュリエットと会うんじゃなかったかな」ダンテがスージーの嘘を指摘した。

「話しておけばよかったんだけど……」

「ミミがジオに手を貸すよう君を仕向けたのか？」

「そういうわけじゃ……」言葉を濁したとき、遠くからミミが呼ぶ声が聞こえた。「もう行ったほうがいいみたい」だが、彼女はすぐには動かなかった。ダンテがまた食事に誘ってくれるのを待つように。

残念ながら彼は誘わなかった。

「スージー！」ミミがまた呼んだ。

ミミがダンテから引き離してくれたことに感謝す

べきなのはわかっていた。

「運の悪さが信じられないわ」ミミがうめいた。「ジオが私たちのことを話さなければいいけど。孫たちにじゃまされる前に、私は結婚指輪をはめたいの」

「バーのメニューを少し減らした」ペドロがスタッフに言った。「また厨房《ちゅうぼう》の人手が足りなくてね」

スージーは歯ぎしりしそうになった。厨房を手伝わせてもらえない不満からだけではない。ダンテの誘いを断ったことへの後悔がこの数時間のうちに十倍にもふくれあがっていた。

でも、それでよかったのかもしれない。私はダンテのような洗練された男性とのディナーにふさわしい服を持っていないから。大胆な下着も。

なんのしがらみもない一夜だけの情事なんてありえないと以前は思っていたけれど、ダンテと出会った今は……。

厨房では大声や笑い声が響いていた。クコーは今夜ははりきっている。スージーは雨に濡《ぬ》れた猫みたいな気分で、注文の料理をトレイにのせた。

「シニョール・カサディオ」

ペドロの熱烈な挨拶を聞き、スージーは顔を上げた。給仕長が感激したようすでジオを出迎えていた。

「お待ちしていました」ペドロが年配の紳士にそう言い、連れに向かってうなずいた。「シニョーレ」

「ペドロ」ダンテがうなずき返し、ペドロの肩越しに店内を眺めて、人と騒音でいっぱいの中からどういうわけかスージーを見つけた。

ありがたいことに、スージーはダンテのテーブルの担当ではなかった。いつものテーブルで客とイタリア語でおしゃべりしていた。ダンテのほうは見なかったが、彼の目が自分の一挙手一投足を追っているのを感じていた。そのとき、ジオが彼女に気づいた。

「スージー!」ジオが軽く腰を上げた。「ここで会えてうれしいよ。出てきたかいがあった」

「私も会えてうれしいわ」スージーはほほえんだ。

「孫が外に出たがったんだ」ジオがダンテを身ぶりで示す。「〈ペルラ〉のケータリングにはもう飽きたはずだと言ってね」

「まあ! 残念だわ」スージーは苦笑するダンテをちらりと見た。「でも、結局この店を選んでくださって感激よ」

ダンテが今夜ここに来たがらなかったことに、私はがっかりすべきかしら?

いいえ、そんなふうには感じていない。それを知ったら、傲慢な彼のプライドが少し傷つくのでは?

スージーはそう考えることにして担当のテーブルを片づけ、皿を腕いっぱいに抱えてダンテの横を通り過ぎた。

「休憩だ、スージー」ペドロに言われ、彼女はうなずいた。そのときダンテが片手を上げて注意を引いた。

「申し訳ないが《スクージ》……」

担当のテーブルではなくても、行かないわけにはいかなかった。「はい、シニョーレ?」

「コートを取ってきてほしいんだ」

「承知しました」

ダンテがジオに目をやった。「デザートがいらなければだが。ジェラートとか?」

「おまえはいらないだろう?」ジオがそう答えてスージーを見あげた。「ダンテはジェラートが好きじゃないんだ」

「人の気持ちは変わるものよ」スージーはジオにほほえみかけながら、ダンテに向けて言った。そして、自分が伝えたいことを彼が理解してくれるよう願った。でも、たぶん無理だろう。ペドロがジオにコートを着せかけるかたわらで、ダンテは携帯電話に目をやっている。

　それから、彼が目を上げてスージーを見た。そのとたん、今まで経験したことのない興奮が押し寄せてきた。厨房の暑さも彼の視線の熱さとは比べものにならない。体の内側に火がついたみたいだ。

　ダンテは危険だ。彼は私を無謀な気持ちにさせる。一瞥《いちべつ》しただけで、私が今までよく知らなかった体の一部分をうずかせる。

　恋人と言えるのはのちに夫となった男性だけだけれど、それで十分だと思っていた。私の恋愛経験はなんと乏しかったことか。スージーは服の下で胸が張りつめ、下腹部が締めつけられるのを感じながら立っていた。

　ダンテは情熱の一夜を約束してくれたのに、私は気づかなかったのだ。


　その夜のシフトが終わり、スージーは店を出た。

　すると、ダンテがジェラートを持って待っていた。

「これを。ラッキーなことに今夜はとても寒い」

「サワーチェリー味？」

「もちろん」

「ゆうべは食べたの？」

「いいや」

「じゃあ、あなたが食べて」

　しかし、ダンテはそれを断り、二人は城壁から離れて脇道へと下りていった。そこでは、バールから流れてくる音楽と大道芸人が奏でる曲が混ざり合っていた。音楽学校からは華やかなチェロの音色が聞こえてくる。

「私のルームメイトたちがここに通っているの」

「へえ」

　スージーはコーンの最後の一口をほおばりながらうなずいた。「二人の練習には頭がおかしくなりそうだけど、こうやって聴くのはとてもすてきね。踊りたくなるわ」

「だったら踊ろう」ダンテが彼女の手を取った。

今夜がロマンチックなものになるとは考えてもいなかったし、丈夫な黒い靴をはいて華やかな気分になれるとも思えなかったが、暗い空の下で踊っているうちに、この小さな脇道が世界で一番ロマンチックで官能的な場所に思えてきた。

「あなたが相手だと足が軽くなるみたい」ダンテが頬に顔を近づけてきたとき、スージーは言った。「私、踊れないはずなのに……」

「君は踊れるよ。なんでもできる」

「何一つまともにできないわ」もうダンスの話ではなくなっていた。「私はつまらない女なの」

「そうは思わない」

ダンテが頭を下げると、スージーは爪先立ちして彼の唇を受けとめた。

ファーストキスなのに少しもぎこちなくなかった。

スージーの胸に安堵《あんど》が広がった。

ダンテの唇の感触は完璧で、キスをするのもされるのも天国のようだった。至福の喜びにスージーは目を閉じ、キスを味わった。

ダンテの手がスージーのトレンチコートの下にすべりこみ、腰を引き寄せた。

「訂正するよ。僕はサワーチェリー味のジェラートが大好きだ」そう言うと、ダンテがもう一度スージーの口の中に残る味を確かめた。いつの間にか音楽が鳴りやんでいた。もし壁にもたれてキスをしている自分たちを学生たちが窓にへばりついて見ていたとしても、気にならないだろう。

いや、気になるかもしれない。スージーは目を開けた。「私たち、見られているんじゃないかしら」

「キスしているだけじゃないか」

彼女は息ができず、ダンテのこわばった下腹部がおなかに当たっているのを感じた。

「おいで」ダンテが言うと、スージーはうなずき、二人は手をつないで歩きだした。コルソ・ガリバルディまで来ると、スージーは尋ねた。「どこまで行くの？」

「もうすぐだ」

やがて二人はダンテの家に着いた。彼がコートのポケットの鍵を探す間も、スージーは待ちきれない思いだった。キスをしたり笑ったりしながら、二人は中へころがりこんだ。

「明かりをつけないと」ダンテがそう言いつつ、スージーのスカーフをはずし、二人のコートを取り去って階段の手すりにかけた。「ベッドに行こう」

だが、スージーは階段に座り、靴を脱いで安堵の吐息をもらした。

「痛むのかい？」

「ええ」スージーは顔をしかめたが、ダンテに片足をつかまれると急いで言った。「やめて」

ダンテがかまわずふくらはぎをマッサージし、次いでもう一方の足を持ちあげる。足がきれいでなくても、もう気にならなかった。マッサージを続けるうち、彼の手が制服のワンピースの裾に触れ、その下にすべりこんだ。スージーが階段からヒップを浮かすと、ダンテがストッキングとショーツをいっきに引きおろした。

「ベッドに行こう」ダンテがもう一度言って彼女を立たせた。必要なら運んでいく気のようだ。

二人はまたキスをした。もうサワーチェリーの味はしなかった。

「ダンテ……」これがどんなにありえないことか、ダンテのベッドに行くのがどんなにすばらしいことか、スージーは説明したかった。ダンテの薄手のセーターを引っぱると、彼が頭から脱いだので、彼女はてのひらで胸を撫《な》で、キスをした。

するとダンテがスージーのワンピースの裾をめくり、むき出しのヒップを両手でつかんだ。

「お願い……」スージーは寝室へ向かう途中でこの強烈な感覚が薄れてしまうのが心配だった。せっかく得られた解放感を手放したくなかった。

すかさずダンテがスージーを抱きあげた。彼女は両脚をダンテの腰に巻きつけた。

ダンテは玄関ホールでスージーと結ばれるつもりはなかった。これまで自制心を失ったことはない。しかし、スージーは熱い手足をしっかりと彼に巻きつけていた。

先を急いではいなかった。むしろゆっくりと楽しんでいた。だが、焼けつくような欲望を抑えきれなかった。

スージーが首に腕を回してくると、ダンテは彼女の腿を抱えて持ちあげ、二人の下腹部を重ね合わせた。スージーの呼吸は荒く、二人が一つに結ばれると、彼女の口からうめき声がもれた。

スージーはこういう体勢が初めてだったが、ダンテにしっかりと抱きしめられると、彼の腰の動きが生み出す喜びに集中した。

深く、ゆっくりとした動きだ。

ダンテに唇にキスをされ、スージーは目を輝かせて彼を見つめた。

「僕を見ていてほしい」

二人はまっすぐに見つめ合い、やがてスージーは熱い歓喜の頂に近づいていった。

「ダンテ……」

ダンテを見ていたかったのに、いつの間にか目を閉じ、首をそらしていた。彼はまだ腰を動かしている。スージーは自分がダンテに体を押しつけ、これまでずっと経験できなかった何かを追い求めているのを感じた。

それが訪れると、目を閉じ、ただ至福にひたった。そしてダンテがさらに動くと、新たな歓喜が押し寄せてきた。スージーが強くしがみついたとき、彼の口から突然叫び声があがった。自分の中にダンテのエネルギーがそそぎこまれるのがわかった。

スージーはやさしい気持ちに包まれ、ダンテを見てほほえんだ。「こんなの初めてよ」

ダンテが目を見開いた。

「今までずっと……」スージーは口ごもった。

「感じているふりをしていた？」

スージーはうなずいた。

「二階に行こう」

4

スージーはダンテの胸に顔をうずめて目を覚ました。自分がどこにいるのかよりも、どうやって彼のベッドにたどり着いたのかを思い出すのに時間がかかった。

そう、ダンテが運んでくれたのだ。

玄関ホールで喜びを味わったあとぐったりしていると、彼が抱きあげて運んでくれた。そして、もう一度情熱を交わした。今度は私が上になって……。

スージーは仰向けになって星を見た。寝室の天井には月と星と天使が美しく描かれている。昨夜の出来事を思い出しながら、いつまでも眺めていられそうだ。しかし、昨夜はどうでもよかったことが急に気になり、スージーは目を閉じた。

ああ、どうしよう。昨夜は避妊を忘れていた。

「わかっている」ダンテがパニックに陥っているスージーの気持ちを読んだように低い声で言った。「ゆうべは二人とも常識が吹き飛んでいたようだ」

「信じられない」スージーはうめいた。「いつもは気をつけているのに」

「ただ、君はピルをのんでいると言っていた」

「ええ」スージーはうなずきながらも、完全に我を忘れていた自分に愕然《がくぜん》とした。

「それなら心配することはない」スージーの目に疑念が浮かんだのに気づいたのか、ダンテがすぐにつけ加えた。「ゆうべは例外だった。そのせいで避妊を忘れたんだ」

「何が例外だったの？」

「君だよ」

「あなたの習慣を知りたいとは思わないわ」

ダンテが低い声で笑った。「女性をここに連れてきたことはないんだ」

「一度も？」

「断じてない」

「でも、すてきだったわよね？」スージーは言った。

「ああ、とても」ダンテは同意したものの、それ以上話す気はなかった。ベッドから下りてスージーにコーヒーを勧めるべきだと思いつつ、できれば断ってほしかった。情事の翌朝の会話は嫌いで、女性が早く帰ってくれることだけを望む。

ところが、今朝は会話を長引かせたかった。ベッドにいる女性に帰ってほしくなかった。

スージーは天井画を見あげていた。「華やかね。とても精緻に描かれているわ」

ダンテも絵を見あげた。「この家を買ったときは漆喰《しっくい》でおおわれていたんだ。前の持ち主が完全な修復は無理だとあきらめて隠したらしい。それをフィレンツェで修復師を見つけてよみがえらせたんだ」

当時から建物は気に入っていたが、ダンテがルッカで過ごす時間は短く、この天井画をじっくり眺めたことなどなかった。ふと見ると、スージーがかすかに顔をしかめていた。もしかすると昨夜の不注意がまだ気になっているのだろうか？

「それで？」ダンテは言った。「君の言い訳は？」

言い訳？　スージーはしばしダンテの質問について考えた。

「言い訳なんてないわ」自分の身に起こったことをどう説明すればいいのかわからないだけだ。「あんなふうに我を忘れた覚えは一度もないの」

「我を忘れた？」

そう、ダンテの指に軽くみぞおちを撫《な》でられただけで……。ベッドをともにしたことがあるのは元夫一人で、比較の対象はほとんどない。

「夢中になってしまったの。ジェラートをつい食べすぎてしまうのと同じね！」スージーはジョークを言った。

ダンテがベッドから出て服を着はじめると、スージーは彼の長い脚と張りのあるヒップを見ながら、ベッドに戻ってきてくれればいいのにと思った。

「コーヒーをいれてくるよ。いつもなら家政婦に来てもらうんだが、今回は呼ばなかったから」

「すてきな家ね」スージーは大胆な赤い壁に目をやって言った。だが、他になんとほめればいいのかわからなかった。まるでライフスタイル誌から飛び出してきたような豪華な家だ。ただ、ダンテ自身について語るものは何もない。立派な衣装だんすを見て、この中に本当に服があるのかと思ったほどだ。

「コーヒーの好みは？」

「ミルクたっぷりがいいわ」

「すぐ戻る」

ダンテが出ていくと、スージーはベッドに横たわったまま、後悔の念がわきあがるのを待った。しかし、そんな感情はみじんもなかった。

新たな自分を発見した気がした。

頭のどこかで、深い切望や熱烈な欲求は自分にはないと考えていたのだ。でも、違った。

スージーはベッドを出てバスルームに行った。そこはすべて大理石でできていて、水栓は金だった。天井に星はなかったが、それでも贅沢すぎた。

湯につかって高級石鹸《せっけん》のゴージャスな香りに包まれた彼女はバスタオルを体に巻き、バスルームの壁にはめこまれた全身鏡を見つめた。服をどこに脱ぎ捨てたか思い出そうとしたが、考えられるのはしわくちゃのベッドに戻りたいということだけだった。

寝室に戻ると、金色の分厚いカードが目に留まり、スージーは思わず手に取った。

ダンテがドア口に立ち、彼女が読もうとした文字を口にした。「ルッカの春の舞踏会」

「ええ、すてきね。ミミから聞いたわ」振り返ったスージーは、ダンテがコーヒーだけでなく自分の服も持ってきてくれたと気づいた。いよいよ帰らなければと思い、カードを戻す。「ごめんなさい……」彼女はダンテからコーヒーを受け取った。「あなたが誘ってくれないかと期待したわけじゃないのよ」

「そうでないことを祈るよ」ダンテがベッドに腰を下ろし、スージーが下着をつけるのを見ながら言った。「六週間も先の話だ」

「私たちは一夜をともにしただけ」ダンテの言いたいことはわかっていたし、わかっていると彼に伝えたかった。「それに、その週末は私の誕生日なの」

「いくつになるんだい？」

「二十五歳よ。お祝いに両親がこっちに来るの」

「それはいいこと？」

「ええ」ブラジャーをつけながら、スージーはほほえんだ。「両親を独り占めできるんですもの」

「独り占め？」

「それも自分の誕生日にね」心が狭くて嫉妬深い人間に思われるのはわかっていた。実際そうなのかもしれない。スージーはかぶりを振って話題を変えた。

「今日は何をするの？」

「ジオのようすを見に行く。話をしなくては。二人とも得意ではないが」

「どうして？　あなたは率直な人なのに」

「君は家族と微妙な問題でも気軽に話せるのかい？」

「いいえ」スージーは認め、制服のワンピースを着て背中のファスナーを上げた。

　ダンテは内心葛藤するスージーを見ていた。彼自身も葛藤していた。一方ではスージーが出ていくことを望みながら、他方では彼女をベッドに引き戻したかった。昨夜はいつになく我を忘れたが、今朝もスージーへの欲望がおさまる気配はなかった。

「私、こういうのが苦手なの」スージーがおずおずと認めるのを聞き、ダンテはみぞおちが締めつけられた。「どうしたらいいのかわからなくて……」

「大丈夫だよ」ダンテは腰を上げ、スージーがファスナーを上げるのを手伝ってから、彼女を後ろから抱きしめた。「最高の夜だった」

「ええ……」

「今夜、ミラノに発《た》つ」

「わかっているわ」

「その前にジオに会いに行く」ダンテはこのひとときを長引かせてはいけない理由を自分に言い聞かせながら告げた。「ずっと先延ばしにしていたが、古い宝石を整理したいらしい」

　ダンテはミラノのオフィスの金庫に入れてある小

さな宝石のことを考えた。それを取り出すと想像しただけでもつらい。

苦悩を顔から消し去れたと確認すると、ダンテは腕の中でスージーを振り向かせ、青白い顔を見た。

なぜここで終わりにしなければならない？　彼は自問した。

「もう行くわね。宿題があるの」

「宿題？」

「感謝の言葉と別れの挨拶よ。ゆうべはありがとうってどう言えばいい？」

「言ってごらん」

「グラツィエ・ペル・ラ・スコルサ・ノッテ」

ダンテは感心した。「宿題を手伝うよ。だからもう少しここにいたら？」

「本当に？」

スージーの体が緊張を帯びるのがわかり、ダンテは言った。「ワイナリーにも行かないとならないんだ」彼女はここに残るかどうか迷っているようだ。「マネージャーと話をする必要がある。だが、そのあと一緒にランチを食べないか？」

「そうしたいわ」スージーがこくりとうなずいた。

スージーはうれしくてたまらなかった。これでさよならではないというだけでなく、ダンテの洗練されたやり方が気に入ったからだ。

彼女の返事を聞き、ダンテがキスをした。別れを告げるよりもキスをするほうがずっとすてきだ。

「ジオに会いに行くんでしょう？」彼がワンピースの裾をめくると、スージーは指摘した。

「そうだ」ダンテが残念そうにほほえむ。

スージーは立ちあがった。「いったん家に帰って着替えを取ってくるわね」そこで、ベッド脇のテーブルの引き出しにしまってあるもう一つの必需品――ピルのことを思い出した。

「ここで落ち合うかい？」ダンテが尋ねた。

スージーはうなずいた。

「ここの入口の暗証番号を教えておくよ」

「いいの？」

ダンテは今までこんなまねをした覚えがなかった。女性に暗証番号を教えることもなければ、自分のいないときにこの家に入れることもなかった。それなのに、ルールがことごとく崩れ去ろうとしている。しかし、至福のひとときを手放すのはむずかしかった。

「ここでまた会おう」ダンテはきっぱりと言った。

ジュリエットとルアンナは楽器の練習をしていた。スージーがアパートメントの階段をのぼっている途中ですでにバイオリンとチェロの音色が聞こえた。彼女は静かに部屋に入り、まっすぐ寝室へ向かった。大きな木製の衣装だんすにかけてある服を見てみる。ありきたりのセーターとジーンズ、ブーツに合わせる厚手のスカート、予備の制服。今の気分に合うものはなかった。

そして今の気分はというと……。

スージーは心を探り、自分が幸せだと知った。天にものぼる心地だった。

まずバスルームに行って歯を磨いた彼女は、ベッド脇の引き出しからピルを取り出した。

今日は日曜日だ。でも、金曜日分と土曜日分のピルはまだケースに残っている……。

金曜日から頭がまともに働かなくなっている。ダンテが私の人生に現れた瞬間から。

「息をするのよ」スージーは声に出して自分に言い聞かせた。「きっと大丈夫」

ライラック色のセーターとジーンズに着替えて出ていくと、ルアンナが声をかけた。「起きたの？」

「ええ」一晩じゅういなかったことに気づかれなかったらしい。

「元気そう」ジュリエットがほほえんだ。「もう出かけるの？」

「ええ、ワイナリーに行くの」スージーはうなずいた。「友達とね」

「デ・サンティス・ワイナリーに行ってみたら？」ルアンナが提案した。「あそこのワイン、安くておいしいのよ」

「カサディオ・ワイナリーを考えていたんだけど」

「まあ」ルアンナが目を丸くして言った。「あそこが作るのは高級ワインよ。そこのレストランに行くんじゃないでしょうね？」スージーのジーンズに目をやりながら続ける。

「すてきじゃないの」ジュリエットが割りこんだ。

「私はただ……」ルアンナは肩をすくめた。「もし私が行き先にふさわしい服装をしていなかったら、誰かに教えてほしいと思うの」

「ありがとう、私もそう思う！」スージーはにっこりした。「買い物に行ったほうがいいわね」

　このところ雨が降りつづいているせいで、どの店もすいていた。美しく飾られたブティックのショーウィンドウをのぞきこんだスージーは少しおじけづいた。フィレンツェ行きのために貯金をしていたので、服を買うのは久しぶりだ。

　ふと別れた夫のことが頭に浮かんだ。彼女が大胆に装っても、元夫はそれに気づいているようには見えなかった。だから服や髪型を気にしなくなった。

　スージーが離婚したことには周囲の誰もが驚いた。夫婦仲がひどく悪かったわけではない。ただ、自分が本来の姿を隠して生活しているのに気づいたのだ。彼女はベッドの中だけでなく、すべてにおいてもっと冒険したかった。だが、それを口に出すよりも胸に押しこめてしまっていた。

ジェラート店を通り過ぎたとき、ダンテが〈ペルラ〉の外でジェラートを持って待っていたことを思い出した。ジェラートのようにささいなものがどうしてこんなにも大きな意味を持つのか、スージーにはよくわからなかった。私がいないときに、ダンテが私のことを考えてくれていたからだろうか？　私の好物だと知っていて、行列に並んで買ってくれたから？

ダンテは私に関心を持ってくれた。たとえ一時的にせよ、その事実に彼女はわくわくした。

スージーは思いきってブティックの一つに入り、ランチにふさわしい服を探していると伝えた。

「どこで召しあがるんですか？」店員が尋ねた。

「トスカーナの丘にあるワイナリーよ」

店員がしばし考えこむと言った。「わかりました」そして、ラックの一つからグレーのウールのワンピースをはずした。「これならぴったりです」

だが、スージーの目は別の服にそそがれていた。ごく淡いブルーの柔らかそうなウールのワンピースだ。共布の太いベルトがついているが、それだとラフすぎる。

すると店員がゴールドのベルトを出してきた。

「これにピンヒールをはいたら、パーティにも出られますわ」

「気に入ったわ」スージーはうなずき、さらにランジェリーも買った。

ダンテの家に戻ると、暗証番号でドアを開けて中に入り、ショッピングバッグを隠した。彼とのランチのために散財したのを知られたくなかった。

キッチンには高級な銅鍋、パーティにも対応できそうな大きなオーブン、木製のベンチ、窓際には小さなハーブの鉢植えまであった。スージーは玄関ホールを横切って居間に入った。壁紙はネイビーのシルクで、高い天井には梁《はり》が走っていた。どの部屋を見ても申し分なかった。美しいダイニングルームは家一軒分の広さがあった。しかし、どこにもダンテの気配がなかった。写真も思い出の品もない。

　スージーはキッチンに戻った。冷蔵庫の扉にはマグネット一つなかった。彼女は行く先々でマグネットを買うのが趣味だった。

　個人的なものが何もない家の中で少し落ち着かない気持ちになり、ダンテが誰にも執着しないことを思い出した。

　ダンテとは感情的に距離を保つほうが賢明だろう。確かにセックスはすばらしかったし、彼自身もすてきな人だ。でも、ダンテに近づきすぎると、ひどく傷つくはめになるかもしれない。

5

「ジオ……」ダンテは祖父にキスをした。「ワイナリーでクリストスと何か話しておくべきことはあるかい？」

「とくにはないが、彼が仕事に満足しているかどうか確かめてほしい」

「もちろん。先週も彼と話をしたんだ」

「顔を合わせて話したほうがいい」

「わかってる」ダンテは腰を下ろし、ブレスレットの一つを手に取った。「これはお祖母ちゃん《ノンナ》の？」

「いや」ジオが首を振った。「それは私のノンナのものだ」そして、真珠のネックレスを手にしたダンテに言った。「それはおまえのお母さんのものだった」

「そうだね」ダンテは外出する両親を見送ったときの思い出にひたると、ネックレスを置き、代わりに重いエメラルドのチョーカーを取った。「これはノンナの？」

「ああ。彼女は毎年クリーニングに出していたよ」ダンテはうなずいた。

「実はミミはただの家政婦じゃなかったんだ」ジオが唐突に打ち明けた。「ミミと一緒にいると楽しいし、彼女もそう思ってくれていた。夫のエリックが亡くなったあと、彼女は二年間泣きつづけたそうだ。私はおまえのノンナを亡くしたとき、自分の人生は終わったと思った。だが、ミミが歌を歌ってくれると……」そこで目をぬぐった。「私の心はまた舞いあがるんだ」

「お互い相手を幸せにできるのに、なぜ彼女はここにいないんだい？」

「ミミは正式に結婚したがっている」

「なるほど」

「まずこういうものを整理しなければ。今まで考えまいとしてきた過去も。悲しく寂しい思いはしたくない。ミミと手をつないで朝の散歩をしたい」

「だったらそうすればいい」ダンテは祖父を抱きしめた。「二人の関係を公にすればいいんだ」

ジオがまた目をぬぐった。「今こそ幸せになるべきだな。ダンテ、おまえも。過去を葬って前に進むんだ」

「僕はもう前に進んでいるよ。僕のことは心配しないでいい。さあ、宝石の整理をしよう」

ジオがルビーのブレスレットを手に取った。「これの真ん中の石をミミの指輪に使うつもりだった。ルビーはとてもロマンチックだからね」

「完璧じゃないか」

「私もそう思ったんだ。だが、スージーに却下された」

　ダンテは顔をしかめた。一瞬でもスージーの名前に反応したことで、自分の気持ちを明かしてしまったのではないかと心配だった。

「ミミのために新しいものを買えと言うんだ」

「なぜ？　宝石なら他にもある。きっとミミが気に入るものもあるさ」

「私もそう言った。とりわけルビーはすばらしい。だがスージーに、ミミのために何か新しいものを選んだらどうかと勧められたんだ」

「スージーが何を言いたいのかわからない」

「スージーには双子の姉がいる」

「それで？」

「スージーより一歳ちょっと年上だ」

「だから？」それがなんの関係があるのかわからず、ダンテはとまどいぎみに尋ねた。「姉の片方は名うての宝石商だとか？」

「そうじゃない」ジオが笑い、ダンテは祖父の目に輝きが戻ったのを見てほっとした。「スージーはいつも姉のお古をあてがわれた。服とか、おもちゃとか。誕生日祝いはいつも一緒で、プレゼントも似たようなものを贈られた。それで自分がないがしろにされていると感じていたそうだ。だからミミのための宝石を考えなければならない」

「ミミは双子じゃないし、双子の姉妹もいない」

「だが、彼女は唯一無二の存在だ」

　そのとき、ダンテは理解した。スージーは注目されること、スポットライトが一瞬でも自分に当たることを望んでいるのだ。そう気づくと、かつて心があった場所にねじれるような痛みを感じた。

「そうだね」ダンテはミミについて話しているのではなく、スージーのことを考えていた。そして今日を特別な日にしようと心に決めた。

スージーは支度を整え、黒い車が家に近づいてくると、トレンチコートを着てスカーフを結んだ。すると、ダンテがドアから駆けこんできた。

「ジオはどうだった？」

「宝石を整理する気になったよ」ダンテが服を脱ぎ、シャワーに飛びこんだ。「整理したら宝石店に持っていく」

シャワーを終えた彼は黒いシャツに着替え、あっという間に『ヴォーグ』のモデルのようなエレガントで洗練された姿になった。二人は急いで車へ向かった。

「ずるいわ」車に乗りこむと、スージーは不満げに言った。

「何が？」

「急いで支度をしてもそんなにすてきに見えるなんて」

「君だってすてきだ」ダンテがスージーの長いまつげやつややかな唇、ブラッシングしたばかりの髪を見て言った。

車が走りだすと、ダンテが夏にはひまわりで埋めつくされて一面黄色に染まる畑を示した。丘陵地帯に近づくにつれ、車がスピードを落とし、やがて見覚えのある教会を通り過ぎた。ジオが何枚も見せてくれた写真の一枚にその教会が写っていたのをスージーは思い出した。セヴが結婚式を挙げた教会だ。

ダンテをちらりと見たが、彼は携帯電話のメッセージを読んでいた。

「あれがそう？」いかにもトスカーナらしいワイナリーの看板が見えてくると、スージーは尋ねた。「すてきね」

「違う」ダンテが険しい声で答えた。「あれはデ・サンティス・ワイナリーだ」

「ああ、そこのワインはおいしいそうね。もっとも、安いわりにはという話だったけれど」

「ビネガーみたいな味だよ。いつもここはさっさと通り過ぎる。セヴの妻の、いや、亡くなった妻の実家のワイナリーなんだ」

「ローズといったかしら？」

「ローザだ」ダンテが訂正したが、彼女の名前を口にしただけで嫌悪感で唇がゆがむのを抑えなければならないようだった。

スージーはセヴとローザの結婚式が緊張に包まれていたのを知っていた。流れる雲を眺めながら、誰からどんな話を聞いたのか思い出そうとした。ミミは散歩の途中で、美しい小さな教会で執り行われたセヴとローザの結婚式と、その数カ月後に起こった悲劇と葬儀について話してくれた。ジオは教会の前で撮った家族の写真を見せてくれた。そのときスージーはダンテを知らなかったが、彼の顔に痣《あざ》と傷跡があったのは覚えていた。

「さあ、着いたよ」ダンテが言った。

デ・サンティス・ワイナリーと違って、カサディオ・ワイナリーは広大だった。看板は洗練され、車道は長く、明らかに経営状態がいいとわかる。

ダンテが車を止め、スージーは外に出た。そこにはワインショップがあり、横に回ると、目の前に葡《ぶ》萄《どう》の木が生い茂る丘の斜面が広がっていた。テラスにはテーブルがいくつか置かれている。

「ダンテ」男性が満面に笑みを浮かべて挨拶した。

「スージー、こちらはクリストスだ。ここのマネージャーだよ」

クリストスが二人を〈ペルラ〉に負けず劣らず豪華で、しかも居心地のよさそうなレストランに案内した。彼は早口のイタリア語で話したが、ありがたいことにダンテが通訳してくれた。

「僕たちが話している間、ここを見学するかときいている。それともソファでくつろいでいるかい？」

スージーは大きな薪《まき》ストーブを眺め、スカーフをはずした。「ソファに座っていようかしら」

「長くはかからない……」ダンテが言いかけたが、スージーがトレンチコートを脱いだとたん、言葉を失った。ウェイトレスの制服を着ているか、裸でベッドに横たわっているか、シーツにくるまっている彼女しかまともに見たことがなかったからだろう。コートの下に着ていたのは春の空のような淡いブルーのワンピースで、控えめながらもセクシーだった。

それとも、服の下の体を知っているからセクシーに見えるのだろうか？

クリストスの妻がコートを受け取り、クリストスがスージーをソファに案内した。

ダンテはスージーと一緒にソファに座りたかったが、クリストスとともにワインセラーに向かい、葡萄の栽培責任者から話を聞いた。そのあとクリストスが葡萄畑の中を歩こうと提案した。

かつてかくれんぼや駆けっこをしたり、家族と楽しく過ごしたりした場所を歩くのは地獄だった。クリストスのことは好きだが、魅力的なスージーが待っている今は経営者の役目など投げ出したかった。

ああ、彼女はまったく予測のつかない女性だ……。

スージーは大きな革張りのソファに座り、ぼんやりと景色を眺めていた。

「スージー？」ダンテの声に、彼女は我に返った。

「何か食べないか？」

「ええ！」だが、スージーは立ちあがらなかった。

「前にクコーがここではワインの試飲をしながら何か軽くつまめると言っていたの」

「テーブルについて食べればいいじゃないか」

「試飲って社交的じゃない？」スージーは笑った。

「そうだな」ダンテがため息をつきながら彼女の横に座った。「よし、試飲をしよう」そう言うと、ウエイターに合図を送った。「試飲の前に言っておきたいことがある」

「どうぞ」

「このことは誰も知らないが……」ダンテがスージーの耳元でささやいた。「実を言うと、僕はワインが好きじゃないんだ」

「嘘でしょう？」

「嘘じゃない。なぜ僕が法律の勉強をしに行ったと思う？」

「じゃあ、本当なの？」

「家族の行事やここでのパーティ、あるいは僕たちが主催するイベントでは飲むよ。だが……」ダンテが眉を上げた。「僕にとっては安いデ・サンティスのところのワインを飲んでいるのと変わらない」そこでスージーのワンピースに視線を向けた。「とてもきれいだよ」

「ありがとう」

「税関で荷物を開けられたような気分だ」

「どういう意味？」

「中から予想外のものが飛び出す」

スージーが笑いだした。

「まじめな話、ここで君とたわむれているほうがいい」

「だめよ」スージーが言った。「試飲がすんだら帰らなくちゃ」


二人は楽しい時間を過ごした。ダンテがワインを好きでなかったとしても。いや、彼がワインを好きではなかったからかもしれない！

ダンテが話に熱心に耳を傾け、グラスの中のワインを回しているのを見て、スージーはほほえんだ。

「おいしい」ウェイターがカシスの香りのするスパイシーな味わいだと言った赤ワインを飲み、スージーは言った。「確かにスパイシーだわ」

「ああ」ダンテもうなずいた。「カシスの香りがする」

そして、この美しい土地で採れた濃厚なオリーブや贅沢《ぜいたく》な生ハムやチーズを食べながら、スージーは〝おいしい〟を連発した。

「ちょっと待ってくれ」ダンテがトリュフ入りの蜂蜜をチーズにかけた。「さあ、食べてみて」

スージーは目を閉じて味わった。「おいしいわ。お土産に買って帰らなくちゃ」

最後にデザートワインが供され、ようやく試飲が終わった。

「楽しかったよ」ダンテが言った。

「ええ。両親が来たら、ここへ連れてこようかしら」

「それがいい。予約するときにクリストスに言っておいてくれ」

「今日のランチはごちそうしてもらってもいいけど」スージーは言った。「私の両親のはだめよ」

スージーには実に興味をそそられるとダンテは思った。

ジオが言っていたように、彼女は楽しい人だ。率直でありながら内気なところもあり、とてもやさしい。だが、それ以上の魅力がある。今日その片鱗《へんりん》を知った。もっとスージーについて知りたい。

「ジオのことを話してくれる？」

「ジオはミミが好きだと言っていた」

ジオがついに孫に告白したことに安堵《あんど》し、スージーはにっこりした。そして、ダンテがそれをどう受けとめたのかを知りたくなった。

「どう思った？」

ダンテがグラスを口に運ぼうとして手を止めた。

「ジオが話してくれたことにほっとしたし、君に話していたこともうれしい。君はどうやってジオから聞き出したんだい？」

「ジオは……」スージーは口ごもった。「食事を持っていった最初の晩は何も話してくれなかったけど、次の晩、亡くなった奥さんのことをぽつぽつ話しはじめたの。写真も見せてくれたわ。外に出ると、ミミが待っていた。もちろん、そのとき彼女が誰かは知らなかったわ。ミミは孫に内緒でジオの手助けをしてくれないかと頼んできたの」

「ソファや何かはどうやって動かしたんだ？　ジオは君がやったと言っていたが」

「まさか！」スージーは笑った。「私が彼を散歩に連れ出して、その間にクコーとペドロとパティシエたちが動かしてくれたの」

「クコーはジオの昔からの友人なんだ」

「ジオとミミのこと、あなたはどう思うの？」スージーはミミの悲観的な見通しを思い出しながら、もう一度尋ねた。ダンテは二人の関係を気にしているようには見えないけれど、ジオの財産について話し合うほど私たちは親しい間柄ではない。「何か心配なことはある？」

「祖父があの広大な家に一人でいると知ったときは心配したよ。だが、ミミとのことはジオのために喜んでいる。今までつらい思いをしてきたから」

それはダンテも同じだ。でも、彼は祖父の痛みについてばかり話す。

「ジオは過去を葬って今こそ幸せになるべきだと言っている。祖父にあんな悲劇が起きてはいけなかったんだ」

「誰にだってそうよ」スージーは言ったが、ダンテが黙っているので顔をしかめた。「誰にだって」

「わかっている」ようやくダンテがつぶやいた。彼は事故について一度も口にしなかったし、今ここできくべきかどうかスージーにはわからなかった。

「セヴはジオとミミのことを知っているの？」

「今日ジオに電話すると言っていたから、そのとき知るかもしれない」

「まだセヴに話していなかったの？」

「ああ」

「二人がつき合っているんじゃないかと彼も疑っていたかしら？」

「たぶん。セヴは鋭いからね」

「二人でそれについて話したことはないの？」

「そもそもあまり話さないんだ。話すのはジオのようすか、ワイナリーのことだけでね」

二人は小さなチョコレートをかじりながらデザートワインを飲んだ。

「セヴと仲はよかったの？」

「ああ」ダンテはうなずいたが、詳しくは話さず、逆にスージーに質問した。「姉さんたちとは仲がいいのかい？」

「姉たちとは……」スージーは話しだした。ダンテについてもっと知りたいのなら、自分のことを隠すのはよくない。「それほど仲よくないの。姉同士はとても親密よ。仕事も一緒だし、しじゅうチャットでやりとりしてる。昨日、姉たちが一緒にフラットを借りることにしたのを知ったわ。偶然に。二人からはまだ聞いていないの」

「どうしてわかったんだい？」

「メールが間違って私に送られてきたからよ」それを思い出すと、スージーはメールを受け取ったときと同じくらい心が沈んだ。「すぐに取り消されたけど、私はもう読んでいたの」

「メールというのは罪なものだな」ダンテがそう言って、やさしくほほえんだ。「よくあることだよ」

「不倫が発覚したとか、そういうのとは違うんだけど、自分宛てじゃないとわかって傷ついたわ。姉たちは双子なの」

「ジオがそう言っていた。それで君は仲間はずれにされたように感じているのかい？」

「ええ。私は仲間に入れてもらえないのよ」スージーは涙が目に染みるのを感じたが、ガラス越しに差しこむ午後の太陽のせいにした。多くのものを失ったダンテには、こんな私は情けなく見えるだろう。でも、彼は私が心を開いた最初の人で、自分らしくあればいいと私に教えてくれた最初の人だ。「引っ越すことになったらきっと知らせてくれるわ。二人のために喜んでいるのよ」

「嘘《うそ》だ。君は二人と一緒にフラットに住みたいんじゃないか？」

「いいえ」スージーは小さく笑った。「でも、誘われたらうれしいかもしれない。そう言うと、嫉妬しているみたいに聞こえるでしょうね」

「二人の仲のよさに嫉妬しているのかい？」

「まさか、そんなことはないわ」スージーは不自然なほどすぐに首を横に振った。「母にはよくそう言われるけど、私は姉たちを愛している。二人とも魅力的よ」

「君もね」

ダンテはスージーが嘘をつくのを聞きながらもほほえまずにいられなかった。スージーが姉たちに嫉妬しているのは明らかだったが、そんな彼女がいとおしく思えた。スージーは決して人のことを悪く言わず、物事を悪くとらえない。

「なぜにこにこしているの？」スージーはダンテの表情に面食らって尋ねた。

ダンテがトリュフ入りの蜂蜜のせいでつやつやしている彼女の唇を見ながら言った。「ここでキスをしたら、君はあっという間に町の噂《うわさ》の的になるな」

「そんなことはしないでしょう？」スージーはダン

テとの関係を人に知られたくなかった。彼がここを去ったあと、ジュリエットやルアンナの前で噂を笑い飛ばさなければならないと考えると気が重い。パティシエたちも噂話が大好きだし……。

ダンテの褐色の瞳を見つめたスージーは、そこに浮かぶあからさまな欲望に顔を赤らめた。

「もう帰るかい？」ダンテが尋ねた。

スージーはうなずいた。家に帰って、この週末の出来事を整理したかった。それに、ダンテにとってこの場所が苦悩に満ちたものであることは知っている。ここには彼の心の闇や、ときおり顔ににじむ悲嘆、あるいは自分もしばしばとらわれる孤独感の原因がある。たとえダンテの場合、それを自分への罰として受け入れているとしても。

「ここに座って話をするのはすてきだけど、飛行機の時間があるでしょう？　何時のフライト？」

「しまった！」ダンテがあわてて立ちあがった。「操縦士に知らせないと。ヘリコプターで今日の夕方に発《た》つ予定だ」

「ヘリコプター？」ダンテが手短に電話を終わらせると、スージーは眉をひそめた。「あなたは……」

「なんだい？　あんなことがあったんだから、ヘリコプターは避けたほうがいいと思うのかい？」

スージーは立ち入りすぎたことに気づいた。「何も言うべきじゃなかったわ」

「ここからミラノまでの民間機は一日一便しかない。そのためだけに飛行機をチャーターするつもりはないよ。ジオが言うように、排気ガスのことを考えないといけないからね」

「怖くないの？」

「ああ」ダンテがうなずいた。「事故のことを聞いて、すぐにヘリコプターで飛んできたくらいだ。早くジオのところに戻りたかったから」

スージーは彼の手に触れた。「ごめんなさい」

「ずいぶん前のことだ」ダンテがそう言って窓を見た。あの日の快晴の空とは違って、灰色の曇り空が広がっている。「上空を飛んでいるとき、煙が見えたよ」彼は丘を指さした。

「ここに帰るのはつらいでしょうね」

「今回はそうでもなかった」ダンテがスージーの手をぎゅっと握った。

過去の苦しみから少しは解放されたのだろうかとスージーは思った。だからといって誰も彼を責められない。そして私は、彼のおかげでささやかな安らぎを得て、自信が持てるようになった。自分の体の欲求に気づき、彼の巧みな愛撫《あいぶ》でそれを満たすこともできた。

でも、ただのセックスではない。こうして指先が触れているだけでも、私は……。

ダンテはあの日の話を誰かにしたことはなかった。自分はもう前に進んでいるとジオに言ったとき、祖父の目には疑念が浮かんでいた。もしかすると、前に進んでいると自分に証明するためにスージーに話したのかもしれない。

今日が終われば、二度と会うことのない彼女に。

「両親は僕に会いにミラノまで来て一緒にランチをとる予定になっていた。正直なところ、僕はそれを楽しみにしていたわけじゃない。大学を卒業して、ミラノで司法修習生として働きはじめたばかりだったから」

「ご両親はあなたをルッカに呼び戻そうとしていたの？」

「それもあっただろう。だが、セヴと僕が仲たがいをしていることについて話そうとしたんだと思う。その数カ月前に僕たちは大喧嘩《おおげんか》したんだ」

スージーはうなずいた。「ジオが結婚式の写真を見せてくれたわ」

ダンテはあきらめ半分に笑った。「その話はしたくないんだが……」

　スージーはダンテが好きではないというワインに手を伸ばし、一口飲んでグラスを置くのを見た。それから彼の手が再び自分の手に重なるのを感じた。

「ローザはミラノの専門医に予約を入れていて、それで両親と一緒だったんだ」ローザの名を口にしたとき、ダンテの声が険しくなったが、スージーは何も言わず、話が悲しい結末に向かうのをただ聞いていた。

「ヘリコプターは離陸直後に墜落した」

「どうやって知ったの？」ミラノのレストランで一人待っているダンテを想像しながら、スージーは尋ねた。「ご両親が現れなくて、何かあったと思ったの？」

「クリストスから電話があって、すぐ帰るよう言われたんだ」

　ダンテの手は氷のように冷たく、スージーはもっと強く握って温めたかったが、手を引っこめられたり、話をやめられたりするのが怖くて、あえて動かさなかった。

「僕たちは皆、ここで詳しい知らせを待った。ジオの反応はひどかった。助かる見込みはないとすぐに悟ったみたいに椅子にくずおれてしまった。セヴは中東にいて、僕はまだ望みはあると言ったんだ。丘の上でヘリコプターが炎上するのを見たが、脱出できる可能性があると思っていた。だが、脱出は無理だった」

「あなたはどうやって……」スージーは唾をのみこんだ。「ごめんなさい、ばかなことをきいたわ」

「どうやって受けとめたかというんだろう？　ジオは一年くらい床についていた。セヴは葬儀の一週間後に仕事に戻ったよ。それ以来、働きづめだ」

「あなたは？」

「僕は実務的なことをした。人に電話したり、葬儀の手配をしたり、弁護士に会ったり、遺言を調べたり。とはいえ、毎日夜明け前に起きて、事故現場をくまなく探した」

「何を探していたの？」

「何かを」彼は息をついた。「なんでもいいから」

「何か見つかった？」

「何も。それで専門業者を雇って調べてもらった。小さなものがいくつか見つかったよ。だが、ジオとセヴには何も話していない」

「その理由をきいてもいい？」

ダンテが首を横に振った。

のどかな午後は、少なくともスージーにとっては物悲しいものとなった。彼女がトレンチコートを着ている間、ダンテはクリストスと話をしていた。そのときスージーは、これがダンテのふだんの姿なのだと気づいた。彼は毎日悲しみを抱えながら生活している。ルッカに帰りたがらないのも無理はない。

クリストスがバスケットをスージーに差し出した。中には彼女がとくに気に入ったワインとチーズ、そしてトリュフ入りの蜂蜜が入っていた。

「うれしいわ！」

帰りの道中、ダンテは車の窓からデ・サンティス・ワイナリーとセヴとローザが結婚式を挙げた教会、そしてローザが葬られている場所を眺めていた。

そのあと運転手との間の仕切りが閉められたかと思うと、ダンテの手がスージーの髪に触れた。

これがダンテにとっての現実逃避らしい。今やスージーにとってもそうだった。

腰にダンテの手が回され、熱いキスをされて舌がからみ合うと、すべての不安や恐怖が吹き飛んだ。

もう話はしなかった。話は心の傷をよみがえらせるだけだ。こうして車の後部座席でキスをされ、腿の間にダンテの手が差しこまれるのを感じているのはとても心地よかった。

　だが、車がダンテの家の私道に乗り入れると、彼はスージーのワンピースの裾を直し、再び彼女の手を握った。スージーはこれほど幸せで大胆な気持ちになったことはなかった。

「ありがとう《グラツィエ》」車のドアを開けた運転手にダンテが言った。

　家の中に入ると、スージーはトレンチコートを脱いだ。煙の匂いを感じ、居間のほうに目をやる。

「誰かが来たみたい」

「家政婦だ」

「まだいるのかしら？」スージーは居間に入った。

「もちろんもういないよ」

　スージーはこのままベッドに連れていかれるものと思い、振り返ろうとした。するとダンテの手が背後から腰に回され、胸へと伸びてきた。自分の欲望を恥じる気配はまったくない。

　ダンテに振り向かされると、早く服を脱がされたくなった。カシミヤのセーターがすでに脱ぎ捨てられているところを見ると、彼も同じ気持ちらしい。

　スージーがダンテのベルトをはずそうとすると、ありがたいことに彼がさっさと自分ではずした。彼女はダンテの胸から下へと唇でたどっていき、腹部にキスをして、塩辛い肌を味わった。そこで彼がスージーをソファに導き、座らせた。彼女はダンテに腕を回し、ズボンの上から彼の興奮の証《あかし》に沿って小さなキスを落としていった。

「服を脱いだほうがいいわよね？」スージーが目を上げると、ダンテは顔をしかめていた。「こんなことをするのは初めてよ」

「なぜ服を脱がないといけないんだ？」

「あなたを興奮させるため？」

「だったら問題ない。十分興奮しているから」

ダンテのズボンの前を指でなぞると、スージーの中に強い欲望がわきあがってきた。

「君がこんなことをするのは初めてだと聞いてうれしいよ」ダンテがざらついた声で言った。

だが、スージーの口は何をすべきか知っていた。彼女はダンテを味わい、そのあとゆっくりと深く彼を受け入れた。

ダンテは他の誰よりも自制心があった。女性たちを感心させるためではない。ベッドでさえも彼は自分を抑えていた。

だが、スージーとのセックスでは、自分を抑えるのに苦労した。初めは、彼女の口や手があまりにも未熟すぎるせいで欲求不満に陥っているせいだと思った。そのあと、自分自身と闘っているのに気づいた。スージーのゆったりとしたけだるい愛撫に激しく駆りたてられていた。

ダンテはスージーの髪に触れないように闘った。髪をかきあげて顔を見るのも、彼女の頬に触れるのも自制した。

そして、スージーの愛撫がどれほど気持ちがいいかを伝えた。ただ、彼女が自分に光と喜びをもたらしてくれたことは伝えなかった。

「君を見たい」ダンテはついにスージーの髪をかきあげ、赤くほてった頬を見た。

スージーは我を忘れていた。だが、もう恥ずかしがったり、自信を失ったりすることはなく、ただダンテの味と、髪をかきあげてやさしく頬を包んでくれる彼の手の感触にひたった。

やがてダンテの高まりが硬さを増すと、軽いパニックを起こしたものの、それから最高にエロチックな瞬間が訪れた。彼がクライマックスに達して叫び声をあげたのだ。スージー自身も喜びを覚え、頭を上げた。ダンテは目を閉じていたが、彼女を引き寄せた。二人とも息も絶え絶えだった。

「おいで」ダンテが言った。

ベッドは整えられていて、二人は服を脱いで一緒に横たわった。

「君が結婚していたのはどれくらいの間？」ダンテが尋ねた。

「二年よ」

「なのに……」彼が気まずそうに笑った。「ああいうことをしたことがなかった……？」明らかに不思議そうだ。

「ええ、一度も。楽しくしようと努力したけど、彼は私に関心がなかったみたい」

「それでも結婚生活を続けたのかい？」

「結局は終わりにしたわ。ベッドをともにしたのは彼だけよ」

「そうか」ダンテが考えこんだ。「だったら、情熱のない男のどこに惹《ひ》かれたんだい？」

「そんなに悪くはなかったわ」スージーはそう言って笑った。「でも、そんなによくもなかった。私はただ知らなかっただけ。私たちはどう？」

「最高だ」ダンテが答え、彼女の髪を撫《な》でた。「お返しをするよ」

「お願い、やめて。だめよ」スージーは身をすくめた。少し前まで自分が男性にあんなことをするとは思ってもみなかったのだ。まして自分が同じことをされるなんて……。彼女はきっぱりと首を横に振った。「きっと私は気に入らないわ」

スージーが本当に好きなのは、半ばまどろみながら、まるで自白剤でも打たれたかのように互いの秘密を打ち明け合うことだった。

6

「どうしてもう月曜日なんだ？」ダンテはうめいた。

「宝石店に行くんでしょう？」

「思い出させないでくれ。君は午前中、授業があるんだろう？」

「ええ。お昼からは仕事よ」スージーは彼の腕のぬくもりに包まれながら朝の淡い光を浴び、答えをきくのが怖い質問をした。「何時の便なの？」

「まだ予約していないんだ」ダンテがあくびをした。

「発《た》つのは明日の朝にしようかな」

　スージーは唾をのみこんだ。もう一晩一緒に過ごせるという喜びは、一抹の不安に損なわれた。たくさんの女性とつき合ってきたダンテは別れに慣れているはずだ。でも、彼とこれだけ親密になった今、私が涙を見せずに別れを告げるのは不可能に近い。物慣れた女性のようにダンテにキスをして振り向きもせずに立ち去れたら、どんなにいいだろう。

「一晩だけなんじゃなかった？」スージーは冗談めかして言った。「もう一晩も一緒にいるわ」

「それより、早くシャワーを浴びて支度をしないと、ジオを帽子とコート姿で待たせることになる」

　ダンテにとってこの週末はまったくの例外だった。

僕はいったい何をしているのだろう？

だが、もう一晩スージーと過ごしたい。

　ダンテがシャワーから出ると、スージーはまだベッドに横になって天井を見つめていた。

「きいてもいい？」

「どうぞ」

「終わりにするときは……」

「僕はいつも親密な関係にはならないと初めにはっきり女性に伝えることにしている」ダンテは衣装だんすからシャツを取り出し、先を続けた。「終わりにするときは、ただこれで終わりだと言うだけだ」

「それで？」

「アシスタントが相手に花がプレゼントを送る」

「ちょっとしたアクセサリーとか？」

「ジュエリーは選ばない」ダンテはシャツのボタンを留めた。

「アントニアがカードを書くの？」

「花屋のカードだと思うよ。コーヒーをいれようか？」

「ミルクをたっぷり入れて」スージーが答えた。

スージーは花もプレゼントもカードも欲しくなかった。

シャワーをすませて服を着ながら、彼女は動揺を抑えようとした。もう一晩一緒に過ごしたい気持ちと、必ずやってくる別れへの恐れの間で揺れていた。

ダンテとともに玄関から出たところで自分が見逃していたものに気づいた。瀟洒《しょうしゃ》な家々の向こうにトスカーナの丘が見える。

「丘が見えるのね！」スージーはぐるりと見まわした。どこを見ても絵はがきのようだ。「こんな絶景をどうして見逃したのかしら？」

「他に気を取られていたんだよ」

「そのとおりね」スージーは笑い、眼下の景色を見おろした。

ダンテが彼女の視線を追った。「春にはマグノリアの花が咲くんだ」

「私の好きな花よ」

「春になるのが楽しみだな」

「いえ……」感傷的な思いに駆られ、スージーはかぶりを振った。私がその花を見ることはない。気持ちが沈むのを抑えようとしたが、自分の顔から笑みが消え、肩が下がるのを感じた。「そのころにはフィレンツェにいるわ」いつもなら興奮ぎみに口にするフィレンツェという地名がむなしく聞こえた。

ああ、もう!

スージーはダンテに視線を戻した。コートの襟を立てた彼は、飛びつきたくなるほどすてきに見えた。

本当に終わりにしなければならないの?

つかの間の恋人のルールに例外はないのかしら?

延長の可能性は?

私は一晩目も二晩目もとても幸せだった。そして今は……?

「スージー? どうしたんだい?」ダンテが尋ねた。

なぜ考えていることをダンテに伝えないの? まるで昨夜の出来事が体を解放し、心にも変化をもたらしたかのように、スージーは自分の気持ちを彼に伝えたくなった。

「私は……」彼女は話しはじめた。

そのとき、眠っていた守護天使が目を覚ましてトレンチコートの襟をつかみ、禁句を口にしようとするスージーの喉を強く締めつけた。

〝彼のとりこになってはだめ〟守護天使が警告した。

〝少し遅かったわ〟スージーは心の中で応じた。

だが、ダンテのようなプレイボーイが相手なら、正直であることは最善ではないと彼女は知っていた。だから肩をいからせ、笑みを浮かべた。

「私はマグノリアが大好きなの」

案の定、ジオは服を着て待っていた。

「遅刻だぞ」

ダンテが時計に目をやると、時間ぴったりだったが、それは指摘しなかった。ジオが内心動揺しているのを知っていたからだ。

二人は黙って祖父母が結婚式を挙げた教会を通り

過ぎ、石畳の道を歩いた。当然のことながらジオはすれ違うすべての人と顔見知りで、挨拶を交わすためにいちいち立ちどまった。

「宝石がきれいになるかどうか見てもらいたいんだ。それからシニョール・アディーノと話をしたい」

「もちろん」

　宝石店はダンテが生まれるずっと前からそこにあった。ダークウッドの正面入口《ファサード》に、モダンなものからアンティークまで美しくディスプレイされたショーウィンドウが並んでいる。

「おまえとセヴはよくここで時計を見ていたな」

「そうだった」ダンテはそれを忘れていた。

「いらっしゃいませ、シニョール・カサディオ」予約客しか受けつけない店のベルを鳴らすと、シニョール・アディーノが重いガラスのドアを開けた。

「それに、セヴ……」そこで言葉を切り、自分の勘違いに笑った。ダンテは店主の視線が自分の顔の傷跡をとらえたのを感じた。「ダンテ、予約したのはあなただとわかっていたのに、一瞬セヴかと思いました。久しぶりですね」

　ダンテは十年以上、ここでの生活からできるだけ遠ざかっていた。

　ジオが奥のカウンターまで行き、人生の多くが詰まった黒いポーチを置いて、震える手で開けた。

　黒いベルベットの上に並べられた宝石はくすんでいるが、磨けばまた輝くだろう。中には母親の宝石や、父親が身につけていた十字架もあった。

　ダンテはミラノのオフィスの金庫に眠っている二つの石を思い浮かべた。ここはジオにまかせておくつもりだったのに、彼は祖父のそばに立ち、店主が台帳に一つ一つ書きとめていくのを見ていた。

　ようやくリストが完成し、控えがジオに手渡された。ジオは思い出の詰まった宝石が丁寧に手入れされるために店の奥へと運ばれていくのを見守った。

戻ってきた店主がジオにほほえみかけた。「ご用意はできていますよ」

「少し待っていてくれ」ジオがダンテに言った。

ダンテはうなずき、ミミの指輪を選ぶためにオフィスに向かうジオを見送った。それから店内の時計を見てまわった。

ふいにセヴと一緒に指輪を見ていた記憶がよみがえった。

そのとき、ダンテはセヴに問いかけた。〝エタニティリングって何？〟

記憶を締め出し、時計のディスプレイから離れると、ひまわりをデザインしたネックレスに目が釘《くぎ》づけになった。半貴石と貴金属で花がかたどられている。次に野生のポピー畑のようにホワイトゴールドのチェーンにルビーがセットされたネックレスに目が留まった。まるで繊細な花輪のようだ。

そのとき店主がオフィスから出てきて後ろに立ったのに気づき、ダンテは顔を上げた。

「シニョール・カサディオは少しお一人になりたいそうです」

ダンテはうなずき、時間を割いてくれたこと、祖父に親切に接してくれたことに感謝し、ネックレスを指さした。「これはあなたのデザインですか？」

「ええ」シニョール・アディーノがうなずく。

「すばらしい」

「ありがとうございます。宝石は愛の証《あかし》ですよ」

ダンテはもう一つのルールを破ろうかと考えた。ロマンチックな言動は好まないし、ジュエリーのように親密なものは贈らない主義だ。ただ、スージーとの関係は親密なものになりつつあり、たとえ長続きしないとしても、この週末は特別だった。

どうやって情事を終わらせるか、相手にどんなものを贈るのかについて尋ねるスージーの声がどこか険しかったのが思い出された。

「マグノリアのデザインはありますか？」

「残念ながらありません。この二つは特注品で、製作には何週間もかかります。まずデザインを決めて、それから型を作るんです」

シニョール・アディーノが言わんとしていることを察し、ダンテは苦笑いを浮かべた。「僕はただ……」幸いにもそこでジオがオフィスから出てきて、店主に礼を述べた。宝石店を出ながら、ダンテは言った。「何を選んだんだい？」

「最終的にはミミが決める。まだ求婚もしていないんだぞ。話したじゃないか」

ダンテはジオを家まで送り届けた。

「飛行機で戻るんだろう？」ジオが言った。「今日は休みを取ってくれてありがとう」

「いつでも取るよ」ダンテはジオに別れのキスをしながら言った。「結婚式は急がないでくれよ。僕は今、大きな案件を抱えていて……」

「わかっている」

ジオは明らかにダンテがここに来たときよりも幸せそうだった。ダンテ自身も幸せだと感じたひとときがあった。だが、永遠にスージーとベッドにいるわけにはいかない。

ダンテは二人がどんなふうに秘密を打ち明け合うようになったかを思い返した。そして、彼女のことをもっと知りたいと願った。

それでもやはりルッカにいるのはつらかった。

今週末、ミラノに来るよう彼女を誘ってみようか。

ダンテはスージーの多忙なスケジュールと少ない直行便について考えた。そして、ジオに飛行機で戻るのかときかれたのを思い出した。まだ事故を乗り越えていないのを見抜かれているに違いない。

ヘリコプターを利用するとき、ダンテは何も考えないようにしていた。利用しなければならない理由を受け入れ、危険には目をつぶった。だが、スージーがヘリコプターに乗ることを思うと耐えられなかった。

「スージー？」イタリア語の教師がにっこりした。

「今日は気もそぞろですね」

「すみません」スージーはあやまり、授業に集中しようとしたが、心は違う場所をさまよっていた。

　やがて休憩時間になると、コーヒーやおしゃべりを楽しむよりも一人になりたくてそそくさと教室を出た。校舎には広いバルコニーがあり、スージーは外の空気を吸おうとそこへ向かった。

　前回授業に出たときは、ダンテはまだ私にとって重要な存在ではなかった。もしかしたら、今メールを送り、今夜は行けないと伝えたほうがいいのかもしれない。あるいは、昼のシフトが終わってから決める？

　スージーはベンチに座って丘を眺め、教室に戻らなくてはと自分に言い聞かせた。

「授業はどうだった？」疲れきったスージーを家の中に迎え入れながら、ダンテが尋ねた。

「楽しかったわ」

「仕事は？」

「長く感じたわ」スージーは認め、靴を脱いだ。ダンテがトレンチコートを脱ぐのを手伝ってくれた。

「宝石店はどうだった？」

「宝石を預かってもらえたが、ジオがミミのために何を選んだかはわからない。今夜はマリアを呼ぶつもりだったんだが――」

「マリアって誰？」

「家政婦だ。今夜もここにいることを伝え忘れた。彼女に食事を頼むつもりだったんだ。何か宅配を頼もうか？　それとも外食するかい？」

「あるいは何か作る？」

「君はずっと働いていたじゃないか」

「毎日のことよ」スージーはにっこりした。「それに食事だって毎日しているわ」

スージーはダンテが笑ってキスをしてくれるのが好きだった。安らぎを与えてくれるここにもう一晩いたかった。

「とにかく」彼女はダンテの腕の中から抜け出した。「この家のキッチンに立ってみたかったの」そこで彼の表情を見て笑った。「心配しないで、失敗しないから。アパートメントにもガスコンロと電子レンジとトースターはあるのよ」

「食材がないんだ」

スージーは戸棚を開け、冷蔵庫をのぞきこんで、リコッタチーズとパルメザンチーズを見つけた。「これでいいわ」さらに戸棚から胡桃《くるみ》の袋を取り出す。「必要なものはほとんどそろったわよ」

「ワインを飲むかい？」

「けっこうよ」スージーは小麦粉を取り出し、彼のグラスを見た。「ワインは好きじゃないんでしょう？」

ダンテがグラスを置き、ベンチに座った。「僕は腹ぺこなんだ」明らかに胡桃とチーズと小麦粉で何かを作れるとは思っていないようだ。

「わかっているわ」

「君の料理がひどかったらどうする？　おいしいふりをしなくちゃだめかい？」

「ふり？　いつからそんなことをするようになったの？　いつものように正直な感想を言って」

スージーはパスタを作るのが大好きだった。生地を伸ばし、パスタマシンに通して、柔らかいパスタが出てくるのを眺めるのは楽しい。

ダンテは座ってスージーを見つめていた。このキッチンにマリア以外の人がいるのは珍しい。それにもちろん、家政婦が料理をしているのを見ていることなどない。

「ところで僕は裁判所に行かないとならなくなった。クライアントの妻が昨日、夫の手紙を読んでね。夫が別居中の妻の家のドアから手紙を差しこんだんだ。妻には連絡するなと言っておいたのに。彼は自筆の手紙で詫《わ》び、今では離婚の考えを変えようとしている。まったく」

「あなた、実はワインが好きなんじゃない？」

「ああ……」ダンテは言葉に詰まり、またワインを飲んだ。ワインを飲みながらワイナリーのことを考えている自分が信じられなかった。

ジオは事業をゆずるのは自分が死んだときだと言い、セヴとダンテの父親に事業を引き継がせなかった。両親が悲劇に見舞われたことを考えると、不幸中の幸いだったのかもしれない。

「父はワイナリーについて大きな構想を持っていた。だが、ジオは父に口を出させなかった。二つのワイナリーを合併しようとしたローザの家族にも」

スージーが顔を上げた。

「ジオは言ったものだ。自分たちの思いどおりにしたいなら私が死んでからにしてくれと」

「あなたはワイナリーの経営に関わりたかったの？」

「いいや。セヴもそうだった。二人とも自分たちのキャリアを優先したかったんだ」

スージーが胡桃をブレンダーにかけたあと、伸ばしたパスタ生地を丸くくりぬいていく。

「もし父がワイナリーの株主だったら、その株は僕とセブに渡っただろう。僕たちの配偶者にも」

「でも、あなたは一生独身を貫くつもりなんでしょう？」スージーが言った。調理台に小さなラビオリを並べたあと、今度はソースに取りかかっている。

「セヴは独身じゃない」

「ええ」スージーがこちらを向いて同情のこもったほほえみを浮かべた。「ローザは亡くなったけど」

そう言うと、ソースの味見をした。

もしジオが賢明でなかったら、ローザの家族が口を出していたかもしれないことをスージーは理解していないようだった。ローザが亡くなるずっと前から、ダンテはその問題について考えていた。家族を失うとは思ってもみなかったが、デ・サンティス家がカサディオ家の肥沃な土地を手に入れようともくろみ、成功したワイナリー事業の恩恵にあずかろうとしていたのは間違いなかった。

ダンテはまたワインを飲んだ。カシスとスパイスの香りがほのかにする。もしデ・サンティス家が口を出していたら、今ごろはビネガーみたいなワインを飲むはめになっていただろう。

そう、ジオは賢明だった。少なくとも事業については。

ただ、ありもしない妊娠については……。

スージーが大きな銅鍋を取りに行こうとベンチの前を通った。

「手伝おうか」料理がほとんどできあがっていることを知りながら、ダンテは尋ねた。

「テーブルの用意をしてくれる?」

「あるいは……」ダンテはスージーを引き寄せ、頬と黒い制服についた小麦粉を見た。「ベッドで食べてもいいな」

「すてきなディナーにしたいわ。久しぶりに料理をしたんですもの」

「じゃあ、テーブルの用意をしよう」

「スージー!」皿を持ってキッチンを出た彼女に、ダンテが呼びかけた。「こっちだ」

スージーはダイニングルームに足を踏み入れ、あんぐりと口を開けた。ぴかぴかに磨きあげられたテーブルや美しい翡翠《ひすい》色の壁以上に、銀の燭台《しょくだい》に唖《あ》然《ぜん》としていた。

「コーヒーテーブルで食べるつもりだったのに……キャンドルまで？」スージーはテーブルに皿を置きながら言った。「とてもロマンチックね」

「君の料理にふさわしくしたかったんだ」ダンテが部屋の照明を消した。「さあ、座って」そう言って椅子を引く。

「ありがとう」

スージーは緊張を覚えた。新しいことに挑戦するときはいつもそうだが、今夜はなぜかいつにもまして神経が張りつめていた。

「リコッタチーズ入りのラビオリ、胡桃ソースあえよ」

ダンテは目の前の料理を見た。これまで数えきれないほど何度も高級レストランで食事をしてきたが、この料理はそのどれにも似ていない。

ラビオリには刻んだパセリが振りかけてある。

「とてもおいしそうだ」

彼はフォークを手に取り、ラビオリを口に入れて、ワインを味わうジオのようにじっくりと味わった。

スージーはダンテが早く〝おいしい〟とか〝まずい〟とか言ってくれればいいのにと思った。元夫がそうしたように。だが、本当はそうされるのがいやだった。

ダンテがゆっくりとラビオリを味わい、最初の一口をのみこむとようやく言った。「いいね」そして、少し間を置いてからまた一口食べた。「クコーにシェフのテストを受けさせてほしいと言ってくれ」

「そんなことできないわ！」スージーは笑い飛ばした。「でも、悪くないでしょう？」

「作ってくれた君に敬意を表しておいしいと言うつ

もりだったが、実のところ、これは僕が食べたどんな一流レストランの料理にも匹敵する。たとえ今ベッドに誘われても、まずこの料理を食べきりたい」

「本当に？」

「試しに僕をベッドに誘ってみるかい？」

スージーは笑ったが、実は泣きそうだった。自分の料理についてまともに評価してもらえたのは初めてだ。

「シェフのテストを受けるべきだよ」ダンテが繰り返した。

「お願いしたことはあるの。でも、ろくな経験もないし、イタリア語も話せないからと取り合ってもらえなかった」

「料理が君の言語であることを伝えて、チャンスをくれないなら辞めればいい」

「仕事がなくなったら困るわ」

「彼らは君を試しているんだ。ああいう一流レストランで生き残るにはタフでなければならない。もし君がシェフに向いていなかったら、ジオのケータリングをまかせたりしなかっただろう。祖父はルッカでは重要人物だからね」

「それはそうだけど……」

「自分のために闘うんだ。彼らは君がそうするのを待っているのかもしれない」


最高の夜だった。

「どっちがいいか決められないな」だいぶあとになって息をはずませながらベッドに横たわっているとき、ダンテが満足げに言った。「料理かベッドか」

あまりにもすてきな夜を過ごし、スージーは朝が来るのを恐れていたことも忘れた。

もしかすると、朝が来ても……。

7

二人は朝まで眠らなかった。早朝の薄闇の中でも、スージーにはつないでいる二人の手が見えた。そして、この週末がどれほど輝かしくめまぐるしいものであったとしても、こうして二人で話す静かな時間こそが彼女にとっては深い喜びだった。

「毎朝、ジュリエットとルアンナはいろいろおしゃべりするの。私は聞いているだけ」

「二人はパートナーなのかい？」

「違うわ！」スージーはダンテの胸を軽くたたいた。「二人は私より早く起きて、音楽の話とか、私の知らない人の話とかをするの。それを聞くと思い出すのよ」

「何を？」

「子供のころ、私は一人部屋を与えられて、姉たちは二人で一部屋を使っていたの。ふつうなら年長の子が自分の部屋を持つんだけど、姉たちは一緒がよかったのよ。友達はみんな、私のことをラッキーだって言ったわ」

「だが、君はラッキーだとは思わなかった？」

「姉たちは毎晩パーティをしているみたいだった。男の子の話やメイクの話をして……」

「誕生日は？　たしか、君と双子は年が近いとジオが言っていたな」

「姉たちとは一歳違いで、誕生日祝いはいつも三人一緒だったわ」

「君の最初の記憶は？」

「私はベビーカーに乗っていて、通りがかりの女性が母にほほえみかけながら私のことをほめてくれたの。でも、そのあと姉たちが父と一緒に店から出てきたら、その女性は私そっちのけで双子をほめはじめたのよ。私はくわえていたおしゃぶりを放り投げたわ」

ダンテがほほえんだ。「女性の気を引くため？双子に嫉妬したんだな？」

スージーはそんなことはないと答えようとして、涙がこみあげるのを感じた。「そう、嫉妬していたの」そう言うとダンテの腕から抜け出し、ベッドから下りた。「双子に……」そのとたん、二十四年分の苦い涙があふれ出た。

「おいおい……」

スージーが感情をあらわにしてもダンテは動じなかったが、彼女が顔をくしゃくしゃにして涙を流すのを見て、軽いおしゃべりがこんなにも深刻になるものかと愕然《がくぜん》とした。スージーについて知りたくて尋ねたのに、彼女の心の傷の深さには胸が締めつけられた。それでも、真実を吐露したスージーを前にして奇妙な喜びを感じていた。

「嫉妬してもいいじゃないか。それがなぜ悪い？」

「悪いわ。二人のことを愛しているのに」スージーは本格的に泣きだした。「学芸会のときも……」彼女は二人が天使役をどれだけ見事に演じたかを話した。「二人は名前もすてきなの。カサンドラとセリアよ。私はスーザン。なんて平凡な名前」スージーは目を閉じて一息ついた。「あなたは誰かに嫉妬したりする？」

ダンテはしばらく考えた。「いいや」

「あなたの最初の記憶は？」

「たたかれたことだな」ダンテは笑った。「みんなでビーチに出かけたとき、勝手に遠くに行ってしまったんだ。母は激怒した」

「怖かった？」

「母が怒っているのを見たのはそのときだけだ。昨日、宝石店に行ったとき……」ダンテは口ごもったが、スージーが心の痛みを打ち明けてくれたことを思い、先を続けた。「セヴと父と一緒に、母が注文した指輪を取りに来たことを思い出したんだ。そのとき、僕はセヴにエタニティリングとは何か尋ねた」

「セヴはなんて答えたの？」

「思い出せない」ダンテは認めた。「事故現場を業者に調べてもらった話をしただろう？　そのとき母の指輪に使われたルビーが二つ見つかったんだ」

「その話は誰かにした？」

「いいや。ジオにはつらいだろうと思って。石はミラノのオフィスの金庫に入れてある。あれをどうすればいいのかわからない」

「どうしてセヴに話さなかったの？」

　ダンテがかぶりを振った。放っておいてくれと言いたいのは明らかだったが、スージーは彼の目をじっと見つめた。

　こんなにも誰かを身近に感じたのは人生で初めてだった。ここが自分の居場所のような気がした。スージーはダンテの目を見つめながら、そんなふうに感じるのはばかげていると自分に言い聞かせた。私には家族も友人もいて、仕事もある。

　だがこの瞬間、自分は正しい場所にいて、何物もそれをじゃますることはできないと思った。

　ダンテがスージーの額にかかった髪をかきあげた。

「スージー……」彼は最もすてきなやり方で話題を変えた。「美しい名前だと思うよ」

「あなたが口にするときだけね」

　ダンテがやさしいほほえみを浮かべ、二人は見つめ合った。

　ダンテが寝室で相手に心を許すことはなかった。

もちろん快楽は味わう。

彼の心はずっと昔に封印され、心があったことすら忘れていた。

しかしこの数日、心の封印が解かれていた。

ダンテは深呼吸をした。二人に未来がないのはわかっている。どうすればいいのだろう？

スージーがときどきここを訪ねてくるのを待つのはごめんだ。彼女をミラノに呼ぼうかとも考えたが、やはり自分の主義を曲げるようで気が進まない。

二人は親密になりすぎた。ついさっきまで正しいと感じていたことが、急にそうは思えなくなった。明るくまっすぐなスージーに対して、僕は心に闇を抱えすぎている。

スージーが何か言っている。さっき泣いたことと姉たちに嫉妬していると明かしたことに困惑しているらしい。

「嫉妬は私の致命的な欠点ね」

「そんなに悪いことじゃないよ」ダンテは言った。するとスージーが尋ねた。「あなたが今まででした中で最悪のことは何？」

ダンテは仰向けになって片手を頭の下に入れた。

彼は秘密を抱えこむのに疲れていた。それに、真実を話せばスージーを永遠に遠ざけられると考えたのかもしれない。

「兄の妻と寝たことだ」

スージーは天井を見つめているダンテに目をやった。「だから……」最後までは言わなかった。もちろんそれが兄弟の仲を裂く原因になったのだろう。

ダンテが小さく首を振った。「セヴは知らない」

一瞬スージーは顔をそむけようとした。これほどひどい裏切りがあるだろうか？　だが、彼の目に宿る苦悶《くもん》の表情から目をそらせなかった。それに、自分がどんな感情に駆られたにせよ、ダンテがすでに罪の意識に苦しんでいるのは明らかだった。

あまりに重い告白を聞き、スージーはダンテの腕に触れると、声の震えを抑えて尋ねた。「それはしばらく続いたの？」

「一度きりだ」

ダンテが目を閉じて深呼吸をするのを見て、彼は記憶を呼び起こすのではなく、記憶を消し去ろうとしているのだとスージーは察した。

「僕はミラノにいた。ちょうど大学の一年目が終わったところだった」

スージーは眉根を寄せ、頭の中を整理しようとした。セヴが結婚したとき、ダンテは大学を卒業していたはずでは？

「僕は地元の女性とはつき合わないことにしていたが、ローザがたまたまミラノへ遊びに来ていて、出会ったんだ。僕たちは十九歳だった。十九歳の若者がどんなかわかるだろう？」

スージーにはまったくわからなかった。そのころすでにウェイトレスのアルバイトをしていたのだ。

「お互い一度きりと決めていた」

「十九歳だったということは、当時まだセヴとローザは結婚していなかったのね？」

「ああ」ダンテは蠅《はえ》でも払うようにそっけなく言ってスージーを見た。「ところが、彼女は突然、一夜の情事が恋愛に発展すると思いはじめたようだった。そんな約束はしていないのに」

スージーは〝一夜の情事〟という言葉に嫌悪感を示さないよう努めた。道徳的な考えからではなく、自分のしたことを表現するのに使われたくなかったからだ。

「あなたにとっては気軽な関係にすぎなかったの？私たちの……関係みたいに？」スージーは言葉に詰まったが、今は自分たちの問題は別にして、ダンテの話に集中しなくてはと思い直した。

ダンテはスージーを見て言いたかった。僕たちの関係とはぜんぜん違うと。

「ローザとは話なんかろくにしなかった」ダンテはそう答えたが、自分でも間違ったことを言ったとわかっていた。「僕は最初から彼女に本気でつき合うつもりはないとはっきり言ってあったんだ」

「でも、彼女はあなたを好きになってしまったのね？」

ダンテは肘をついて上体を起こした。「わからない」

朝の光に照らされたセクシーなダンテを見ながら、スージーは何を言えばいいかわからなかった。ローザの気持ちを想像したところで意味はないだろう。彼女が最初にどう考えていたとしても、ダンテと別れるのはつらかったに違いない。

ダンテはスージーが言葉を探しているのを感じていた。彼自身はやっと誰かに告白できたという安堵《あんど》感が訪れるのを待っていた。

告白は魂にいい影響を与えるのではなかったか？

しかし、安堵は感じなかった。

ダンテは自分の言ったことを思い返しているうちに気分が悪くなり、スージーがきいてもいないのに先を続けた。「ローザは僕たちの関係をみんなに話したがった。それに、いつルッカに戻るのか、春の舞踏会には連れていってくれるのかと何度も電話してきた。舞踏会に同伴するなんて、事実上婚約を発表するようなものなのに」

「彼女は真剣なつき合いをしたかったのね？」

「そのとおりだ」ダンテは振り返って、まだ横たわっているスージーを見た。「デ・サンティス家はワイナリーに関する壮大な計画を立てていた」

「なんですって？」

　ダンテはかぶりを振り、ベッドから出た。「僕はローザとの関係をきっぱり断ち切り、ルッカに帰ったときは彼女に近づかないようにした。それから三年後、城壁沿いを歩いているとき、追ってきたローザにセヴと婚約したと告げられたんだ」

「セヴはあなたたちの関係を知らなかったの？」

「もちろん知らない」

「じゃあ、結婚式の直前に話したの？」

「いいや」ダンテは否定した。「ただ、言うべきではないことを言っただけだ。この話はやめよう。君には理解できないから」

「ダンテ……」スージーの目は涙でいっぱいだった。

　ダンテは自分のせいで誰かが傷つくのには耐えられなかった。

「僕の意見は歓迎されないと、セヴが教えてくれたんだ」

　スージーがダンテの肩に触れようと手を伸ばしたが、彼は立ちあがった。

「それが僕の犯した最悪の行為だよ」ダンテはバスルームへ向かった。ドアに手をかけようとしたとき、スージーが質問を投げかけた。

「ローザとベッドをともにしたことが？　あるいはそれをセヴに黙っていたことが？」

　いい質問だった。

　ダンテは答えなかった。答えられなかった。だが、シャワーを浴びながら、スージーに話したことでようやく安堵感を味わった。

　真実を明かせば、二人の関係を終わらせることになるのは自覚していた。だが、宝石店でロマンチックな贈り物について考えたり、ミラノに来ないかと誘ったりするよりは、今断ち切ってしまったほうがいい。

　シャワーで体を洗っているというのに、ダンテは自分にとって大切な人に絶望以外何ももたらさず、相手を汚してしまったように感じていた。

ダンテがシャワーを浴びている間、スージーはそのままベッドで横になっていた。この情熱的な週末と、彼とローザの間に起こった出来事を比較したのがまずかったのはわかっていた。彼女は最初、セヴとローザが結婚している間に義姉と不倫をしたのだと思い、ショックを受けた。そしてそれが勘違いだったとわかってほっとするあまり、ダンテに正しい言葉をかけられなかった。

ダンテがシャワーから出てきたとき、スージーは手遅れでないよう願った。

「ダンテ……」

「この話はもういいかい？」ダンテが言った。「もうすぐ車が来るが、動揺したまま帰ってほしくはない」

親切な口調だったが、スージーに服を着たほうがいいと暗に勧めているのは間違いなかった。

「あなたがシャワーを浴びている間に考えたの」

ダンテが驚いた顔をした。「何か解決策が思い浮かんだかい？　僕は十年以上考えている」

「ダンテ、お願い……」スージーは何度も着陸を試みている飛行機になった気分だった。「セヴに話してみたら？　もう昔のことだし、二人とも多くを失った。彼に手紙を書いてみてはどうかしら？　あなたのクライアントが奥さんにしたみたいに」

「手紙？」ダンテが笑った。「書いてみたよ。だが、最初の一行さえも書けなかった。〝親愛なるセヴ、驚かせて申し訳ないが……〟」

「セヴはあなたのお兄さんなのよ。それに聞いたところによると、あなたたちはとても仲がよかったそうじゃないの」

「車が来た」

スージーはしぶしぶ服を着た。ここを去りたくなかったが、ベッドにしがみついているわけにはいかなかった。

「スージー……」ダンテはこのまま終わらせたくないと思い、彼女を抱きしめた。「君に話すべきじゃなかったよ」

「いいえ、話してくれてよかったわ」

ダンテはスージーの目に、修復不可能なものをなんとか元どおりにしたいという願望を見て取った。

車が待っているのも、飛行機に乗り遅れる可能性があるのもわかっていた。だがダンテは、少しくらい時間がかかっても、自分とセヴの仲がどれだけ修復不可能なのかをスージーに知ってもらうほうを選んだ。

「正直に答えてくれるかい?」

スージーは神経質に笑った。「私は証言台に立っているの?」深刻な話題でも冗談を言えるのは悪くない。

「そうだ」ダンテがスージーの顔を両手で包んだ。「僕たちは楽しいときを過ごした。そうだね?」

「ええ」

「そして僕たちは二人とも、週末できっぱり終わらせるべきだと初めに決めていた」

「ええ」

「恨みっこなしだね?」

スージーはすぐには答えなかった。恨みはないが、複雑な感情は抱くだろうし、傷つくのは間違いない。

「スージー?」ダンテが促した。

「恨みはないわ」なぜなら、二人の間に起こった出来事を後悔してはいないし、この先も後悔することはないだろうから。

「よし」ダンテが彼女の腕に手を置いた。「もし三年後に……」スージーは鳥肌が立つのを感じた。

「君の姉さんたちの名前はなんだっけ？」

「カサンドラとセリアよ」

「じゃあ、もしセリアが訪ねてきて〝すてきな人に出会ったの。今週末にプロポーズされるかも〟と言ったらどうする？」

それを想像して、スージーは心が沈んだ。

「その人の名前はダンテで……」

スージーは唾をのみこんだ。

「ものすごいハンサムで……」

「傲慢で？」

「そうだ。ベッドでもすばらしい。それに彼はミラノで弁護士をしているんだ」

スージーの顔から笑みが消えた。むずかしいゲームだ。

「わからないけど……あなたとのことをセリアに話すと思うわ」

「彼がすでに他の家族に会っていて、二人が婚約したことを伝えていたら？」

ダンテが話せば話すほど、スージーはますますわからなくなった。

「彼が一人でいる君をつかまえて、もし君が姉さんに話したらどんなに傷つくか警告したら？」

「あなたがしたみたいに私も……」スージーはダンテが置かれた地獄のような状況を思い知り、泣きだした。

「セリアに話すかい？〝あのときは言わなかったけど、ダンテと結婚する前に言っておかなくちゃならないことがあるの〟って」

「いいえ。絶対に話さないわ」

「そうだろう？」

スージーは突っ立ったまま、何かもっといい提案ができないものかと考えながらダンテを見た。でも、彼は人間関係の破綻を生業《なりわい》としている男性だ。すでにあらゆる角度から検証しているだろう。

「よけいなことを言ってごめんなさい」

「君が悪いんじゃない」

「セヴとはこのまま……？」スージーは思いきって尋ねた。

　ダンテは答えず、代わりに最高にすてきなキスをした。

　彼が離れると、スージーは唇に舌をすべらせ、別れの味を味わった。

　まさに別れのときだった。

　スージーは靴をはき、リップクリームをバッグに入れた。バスルームから化粧ポーチを持って出たとき、ダンテが最後の荷物を旅行バッグに詰めこんでいた。

「運転手からちょうどメールが来た」彼の声は少しかすれていた。まだ六時にもなっていないのだ。

「行くわね」

　もうキスはなく、また会おうという言葉もなかった。スージーはドアのほうを手で示したが、ダンテはファイルを旅行バッグに突っこむのに忙しかった。彼女はトレンチコートを着てワイナリーの土産を持った。

　ダンテはドアが閉まる音を聞きながら目を閉じた。スージーは涙ぐんでいた。別れはときにつらいものだ。内心動揺しているくせに平然としている自分に彼は嫌悪を覚えた。

「ばかめ《メルダ》」階段を下りながら、ダンテは自分をののしった。

　どうするんだ？

　彼女を呼び戻すのか？

　ベッドに連れ戻してから、もう一度さよならを言うのか？

　ダンテは足を止め、階段の手すりにスージーのスカーフがかかっているのに気づいてはずした。二人の情熱や会話や他のすべてが脳裏によみがえった。

彼はドアを開けようとはしなかった。スカーフを渡すためにスージーを呼び戻しもしなければ、ベッドに連れ戻すこともしなかった。ミラノに誘うこともしなかった。

その代わり、クライアントに言ったことを思い出した。

〝去る相手を尊重して潔く見送ることです〟

ダンテはスカーフを手すりに戻し、旅行バッグを持った。そして、スージーがバスケットを提げて城壁沿いを歩いていくのを最後に一瞥《いちべつ》しないようにしながら車に向かった。

8

奇妙なことに、まるで世界の終わりだと感じていても、スージーは泣かなかった。その代わり、まるで世界がいつもどおりであるかのように、早朝から働く地元の人たちに挨拶をした。金曜日にはなかった小さな蕾《つぼみ》が木々のあちこちに見えた。

「ちょっと失礼《ミ・スクージ》」

誰かにそう言われ、スージーはほほえんで脇に寄った。涙を流していないのが我ながら驚きだった。今の気持ちは安堵《あんど》に近かった。ただ、ダンテの前で泣き崩れずにすんだのはよかったものの、いつまた会えるかときかなかったのは後悔していた。

スージーはほとんど上の空でアパートメントにた

どり着き、階段をのぼり、ドアを開けた。

「おはよう」ジュリエットがほほえんだ。「あら、くじにでも当たったの？」

「そんなようなものね」スージーもほほえんだ。

「これ、ご自由にどうぞ」バスケットを差し出す。

「ほんと？」ルアンナがその申し出に飛びつき、さっそくクラッカーにトリュフ入りの蜂蜜を塗った。

スージーはまだぼんやりしたままシャワーを浴び、電話を数本かけ、仕事のために制服を着た。そして自分に言い聞かせた。彼のことはもう忘れるのよ。

「カサディオよ！」居間にいるルアンナの大声が聞こえた。

スージーが顔をしかめて居間に行くと、テレビ画面にダンテが映っていた。

「もし離婚することになったら」ルアンナが言った。

「ダンテに依頼するわ」

「なんの話？」ジュリエットが尋ねる。

「世紀の離婚よ。カサディオが判事を説得して、離婚手続きを延期させようとしているんですって」

やれやれ！

画面のダンテは美しかった。スージーが去ったあと、天使に髭《ひげ》を剃《そ》られ、手入れをされて、ダークスーツと法服に着替えさせられたかのように見えた。記者が質問を投げかけると、彼は不敵な笑いを浮かべた。並んで歩くクライアントとは違って冷静そのもので、法服をなびかせながら裁判所をあとにする間、〝ノーコメント〟というお決まりの一言さえ発しなかった。

今朝、私は本当に彼とベッドにいたのかしら？

スージーの中で何かがふつふつとわきたった。

どうして彼はあんなに元気なの？

ダンテは元気と言うにはほど遠かった。

法律事務所に到着したときから、不穏な空気が漂っていた。ダンテの留守中にクライアントが妻に手紙を届け、それが命令違反と判断されたため、彼は裁判所に出頭するしかなかったのだ。

判事はこの時間稼ぎを快く思っていなかった。

女性判事がダンテをにらみつけて言った。「シニョール・カサディオ、私は法廷の外で出し抜かれるようなまねをされるのは好きではありません」

最悪だったのは、まだ頭がくらくらしている状態でオフィスに戻って聞かされたアントニアの報告だった。

「ヘレネが……」アントニアがセヴのアシスタントの名前を口にし、ちらりと目を上げた。「あなたの次の帰郷について知りたがっていました」

セヴは自分の仕事で手いっぱいで帰郷できないのだろうとダンテは思った。だが、とりあえず他の報告を聞かなくては。

「それと、スージー・ビルトンという女性からのメッセージが留守番電話に残っていました。個人的な用件だそうです」

「ありがとう《グラッツィエ》」ダンテはそう言いながら、心の中で舌打ちをした。

そのあとの報告はろくに聞いていなかったが、適当なところでうなずき、ようやくオフィスで一人になれた。

今朝、スージーとのことはきれいに終わらせようとした。彼女も長く続くつき合いではないとわかっていたはずだ。ジオを除けば、これまで親しい関係になった相手はいない。スージーとの関係も同様だ。

二人の週末はめったにない貴重なひとときで、二度と繰り返してはならないものだった。

スージーに自分とローザの間の出来事を打ち明けたとき、それで彼女との関係は終わるとダンテは確信していた。

今こそろくでなしに戻るときだ。

ダンテはスージーの番号に電話をかけた。

「ダンテ？」

「君がメッセージを残していたとアシスタントから聞いた。個人的な用件があるそうだが、君にそんな執着心があるとは思わなかったよ」

「執着心？」スージーがあきれたように笑った。

「私が事務所に電話したのは先週の金曜日よ」

「なぜ電話した？」

「あなたのことなら携帯で調べればすぐにわかると言われたから」

傘を差して立つスージーの姿がダンテの脳裏によみがえった。

「あなたが折り返し電話してくるなんて思わなかったわ。ジオに何かあったとかじゃなくてよかった」

スージーはレストランに向かっているところだった。

「スージー？」ダンテが呼びかけた。

「これから仕事なの」

私は元気よ。元気いっぱい。

強いて言えば、気分を害している。ダンテに執着していると思われたから！

レストランに着くと、ペドロに今日担当するテーブルを告げられ、彼女はその場に棒立ちになった。

「今日はブルスケッタはなしだ。厨房《ちゅうぼう》の人手が足りないから」ペドロが手をたたき、全員が仕事に取りかかった。

スージーを除いて。

「どうした、スージー？」指示が理解できなかったと思ったのか、ペドロが英語で言った。「担当のテーブルを聞いただろう？」

「それはわかっています」スージーはきっぱりと言った。「申し訳ありませんが、私はこの仕事をやめます」

ペドロが顔をしかめた。

「チャンスすら与えられないのに失望したんです」

私はダンテに言いたかったことをペドロに言っているのかもしれない。スージーはエプロンをはずした。

「もう帰ります」

そのままスタッフルームに行き、帰り支度を始めた。だが、ふいにその手を止め、小さなベンチに座った。

私は元気じゃない。ぜんぜん元気じゃない。

ダンテが丘で遺品を探しまわっている姿を思い浮かべると、パニックが押し寄せてきた。

たった一度週末をともに過ごしただけで、これほどまでに人を好きになるとは一瞬たりとも思っていなかった。こんなにも深い感情を抱くことになるとは。

心底、胸が痛かった。

元夫のことで泣いた経験はある。だがそれは、終止符を打ったのは結婚生活がさほど大事ではなかったからだと気づいた罪悪感のせいだった。

ダンテは私を自分らしくいさせてくれた。大切な存在、必要とされる人間と感じさせてくれた。それに、セヴとの確執についても話してくれた。

彼とは多くのものを分かち合った。

「スージー？」ドアがノックされ、ペドロが顔をのぞかせた。「今夜は厨房に入ってくれ。準備のためにまた四時に来てほしい」

今、スージーは白いトップスに黒と白のズボン、それにエプロンを身につけていた。厨房用の制服は大きすぎるが、気に入っている。山のようなトマトや玉葱《たまねぎ》に取り組むのは、心の問題に取り組むよりずっと楽だった。

厨房で働きはじめてからスージーは毎晩ベッドに倒れこみ、幸せな眠りについた。

朝、静寂の中で独りぼっちで目覚めると、しばし絶望に駆られた。ダンテと横になって語り合うのがどれだけ楽しかったかが思い出された。

それからジュリエットのバイオリンの練習が始まる。朝っぱらから練習するのはやめてと言ってもよかったが、ジュリエットはどうやら音楽学校で苦労しているようだった。それに彼女は親切で、昨日も大丈夫かときいてくれた。

仕事は順調だった。クコーがスージーを呼んで料理を作るところを見せたり、味見をさせたりすることもあった。

「これが私のソフリットだ」玉葱とセロリと人参《にんじん》をバターで炒《いた》めたものを示し、クコーが自慢げに言った。

ソフリットとは多くのイタリア料理のベースであり、どのシェフも独自のレシピを守っている。クコーのものにはパセリが入っていた。

シェフに味見するよう手ぶりで促され、スージーは試食用スプーンを手に取った。「うーん……」その完璧さに思わずうなった。「私のはもっとバターを足す必要がありますね」満足げにほほえむクコーを見て、彼が基本の材料に何を足したか、すべて見たわけではないとわかった。「他に何か……」

クコーは黙ってソフリットをかき混ぜている。

「教えてくれますか？」

「いいや」クコーが首を横に振った。「レシピは墓場まで持っていく」

仕事だけでなく、ミミと過ごすすばらしい時間もあった。土曜日、スージーはミミの家の居間に座り、古い写真を見ながらイタリア語を教えてもらっていた。

「この教会、きれいね」

「ええ」ミミがうなずき、アルバムをめくった。

「さあ、この写真についてイタリア語で何か言ってみて」

「すばらしいわ《ファンタスティコ》」

それは、円形劇場の舞台中央に立つうんと若いミミの写真だった。髪を結い、ベルベットのドレスに身を包んで、観客が魔法にかけられたように見とれている中、心をこめて歌っている。

「あの夜、私はとても美しく、声は劇場に響きわたったわ」ミミがバレリーナのように両腕を上に伸ばし、しばしその姿勢を保ってから、腕を下ろしてため息をついた。スージーは自分にもミミの十分の一でも自信があればと思った。「エリックのために歌っていたの。彼、私を舞踏会に誘ってくれたわ」

「ジオに誘われたい？」スージーは尋ねた。

ミミとジオはまだ離れて暮らしている。だが、ミミは前より幸せそうに見えた。

「いいえ。舞踏会は伝統的な行事で、男性はそこへ一生に一人の女性しか連れていかない。ジオはそこで美しい妻にプロポーズしたし、私はエリックと恋に落ちた……」ミミがスージーを見た。「あなたは行きなさい。ジオがきっと招待してくれるわ」

「行けないわ。その週末は両親が来るの。それに、一緒に行く相手もいない」スージーは舞踏会の話をしたときのダンテがどんなに無愛想だったかを思い出し、気持ちが沈んだが、できるだけ明るい声で続けた。「とにかく、何を着ていけばいいのか見当もつかないし、新しいドレスを買う余裕もないわ」

「ドレスなら山ほど持っているわ」ミミがスージーの言い訳を一蹴した。「サイズもいろいろそろってる。来て」

ミミはスージーを二階の豪華な部屋に案内した。そこにはたくさんの全身鏡と贅沢《ぜいたく》な化粧台があった。

「今はここで歌っているのよ」壁の一面を占める衣装だんすを開けながら、ミミが言った。

「まあ、ミミ……」スージーはミミが着た美しい衣装の数々を見つめた。素材はシルク、ベルベット、チュール、色は鮮やかな真紅や官能的な菫《すみれ》色やまばゆいオレンジなどさまざまだった。それぞれのドレスのタグには着用した日付と会場が記されていた。

「ロジーナ……」ミミがため息をつきながら黒いベルベットのドレスを取り出した。「私は『セビリアの理髪師』でロジーナを演じたのよ」

スージーの手が淡い色のドレスに触れた。グレーがかったパステルピンクとしか表現できそうにない微妙な色合いで、生地は羽毛のように柔らかかった。

ミミが歓声をあげ、今度はそのドレスを引っぱり出した。「実はこのドレスはあまり好きじゃなかったの。私は派手な色が好きなのよ。でも、このデザイナーは淡い色のデザインで有名だったから、一着は持っていたかったの。未着用よ。着てみて」

スージーは誘惑に勝てず、カーテンの奥で服を脱ぎ、ドレスを着てみた。カーテンが払われ、ミミがドレス姿のスージーを見まわした。

「夢みたい」スージーは言った。「でも、ちょっと大きすぎるかしら」

「コルセットで締めるのよ」ミミがブラジャーをはずように指示し、鉤針《かぎばり》のような小さな道具を使って背中のホックを留めていった。

「苦しいわ！」スージーは訴えた。

ミミが笑いながらスカートを整え、鏡に映るスージーを見た。「ああ、スージー。完璧よ」

「色についてはあなたが正しかったと思うわ。顔色が悪く見える」

「だって顔色が悪いんだもの」ミミが言い、スージーの髪を持ちあげた。アップにするか下ろしたままにするか決めかねているようだ。「舞踏会の花になるところを想像してみて」

スージーは突然、泣きそうになった。だが、厨房で働かせてもらえないなら仕事をやめると言った日以来、泣いてはいないし、今泣くつもりもなかった。

「そうなったらすてきね」スージーは言った。「でも、やっぱり舞踏会には行けない」

「ご両親はあなたがドレスアップして楽しんでいるのを見たいんじゃない？」

「どうかしら」舞踏会に行けないのは両親が来るからではなく、ダンテと一緒に出席できるならどんな犠牲を払ってもいいと考えていたのに、一人で行くなんて耐えられないからだ。

　ダンテからはなんのメッセージもなかったし、花も送られてこなかった。

　そもそも私のことなんてもう忘れてしまったのかもしれない……。

9

　ダンテはスージーのことを考えまいと最善を尽くしていた。

　裁判が終わったら、彼女にプレゼントと花を送ろうという漠然とした計画は変わりつつあった。カードは花屋のものではなく、手書きのものにしよう。だが、それさえも心がこもっていないように思える。

　裁判の真っ最中の週末に、彼女は両親が訪ねてくると言っていた。それなら、何かを送るのはそのあとにしては？　そのころには、ミラノに戻ってから取りつかれているむなしさも消えているだろう。

　物思いに沈む暇がないほど仕事はあるし、家族の問題も抱えているのだ。

「ダンテ！」

今朝のジオは陽気だった。ダンテは祖父に携帯電話の使い方を教えたことを後悔しはじめていた。

「やあ、ジオ」ダンテは応じた。「元気かい？」

「元気だよ。ミミと結婚することになったぞ」

「おめでとう」気がつくとダンテはほほえんでいた。

「ミミは指輪を気に入ってくれたのかい？」

「ああ。ただ、まだ内輪のことにしておきたいから、結婚式までつけないそうだ。知っているのはおまえとセヴ……それにミミの妹だけだ」

ダンテはカレンダーを見た。「結婚式はいつ？」

「バレンタインデーだよ」

ダンテは顔をしかめた。「二日後じゃないか。来年のバレンタインデーのことかい？」

「私は八十四歳だぞ」ジオが言い返した。「来年のわけがないだろう」

ダンテは目を閉じていらだちを抑えた。結婚式は早くても二、三カ月先のことだと思っていたのだ。そのころならもうスージーはルッカにいない。

「ジオ、来週から裁判が始まるんだ」

「だからその前に結婚するんだよ。私の結婚式のために同じ部屋にいるのが耐えられないほどおまえとセヴは仲が悪いのか？」

「ばかなことを言わないでくれ」ダンテは鼻梁《びりょう》をつまみながら軽い口調で言った。「もちろん出席するよ」それから気がつくと尋ねていた。「式のあとのパーティはどうする？」

「ここで昼食会をしよう。ミミが料理を作ってくれるそうだ」

「まだ〈ペルラ〉に頼むことはあるのかい？」

「ときどきは。ミミが結婚式が終わるまではここに移るのを拒んでいるんでね。ただ、スージーが来てくれなくなった。彼女に会えなくて寂しいよ」

ダンテもそうだった。ミラノに戻ってからのむなしさは、ブラックホールのような底なしの後悔の念へと変わっていた。

「彼女は今、厨房《ちゅうぼう》で働いている」ジオが言った。

「へえ」そんなことはどうでもいいというように応じたものの、ダンテは立ちあがり、落ち着きなく部屋を歩きまわりはじめた。

スージーはこのままルッカにいるかもしれない。フィレンツェの料理学校に通う必要がなくなったのだから。彼女はイタリアでも有数のレストランの厨房で働いているのだ。ただ、僕がルッカに帰ってくるたびに、スージーはそこにいることになる。

「ダンテ？　結婚式についてだが……式当日までは誰にも知らせないつもりだ」

「それがいい」そうしないと町じゅうの人が集まってしまうだろう。「本当におめでとう」

「私は二回目の結婚だが、おまえはゼロだ」ジオが笑った。「私の恋愛のほうがおまえよりましだな」

「そうだね」

「結婚式に誰か連れてきたいなら……」

もちろんスージーを連れていきたかった。彼女がそばにいれば、一日がどんなに楽になるだろう。セヴとの対面も。だが、スージーを盾にするつもりはない。

ダンテは祖父に言った。「僕一人で行くよ」

スージーはバレンタインデーにはあまり興味がなかった。だが、ルッカはロマンチックな町で、その日が近づくにつれ、喪失感がつのる気がした。

美術館では特別なイベントが催され、至るところに美しい花がディスプレイされた。〈ペルラ〉はランチもディナーも予約でいっぱいで、クコーは特別メニューを考案していた。

ミラノでも同じだろうか？　恐るべき日に目覚めたスージーは考えた。噴水のそばに咲く赤い薔薇《ばら》を見てダンテが立ちどまり、ついに私のことを思い出すほどロマンチックな空気が漂っているだろうか？もしかすると今日、彼から花が届くかもしれない。スージーは横になったままジュリエットの演奏を聴いていた。いつもと違う曲で、とても美しい旋律だ。ダンテを思い起こさせたが、それは決して珍しいことではなく、すべてが彼を思い出させた。

携帯電話をチェックしたスージーは、漠然とした希望を抱いていた自分を叱った。

今までなんの連絡もなかったし、ダンテが扱う裁判は月曜日から始まる。間違いなく彼は仕事で忙しいか、一夜の情事と割りきれるセクシーな美女と出かけているのだろう。

土曜日はたいていそうしているように、スージーは実家に電話をかけた。

「元気なの、ダーリン？」母親が明るく尋ねた。

「忙しいわ」スージーは答えた。「ママたちが来るまであと一週間よ。飛行機の便名を教えて」ペンに手を伸ばす。「会えるのが楽しみだわ」

「私たちも楽しみにしていたんだけど、ごめんなさい、春まで行けないわ」

「なんですって？」

「双子の引っ越しが来週末に前倒しになったの」

「でも、ママ……」スージーは必死に失望を押し隠そうとした。「お休みを取ったのよ」

「わかっているわ。だけど、すぐに引っ越さないと契約を解消されてしまうんですって」

「私の誕生日なのに」

「スージー！」母親が笑った。心が狭いとたしなめるとき、いつも母親は笑った。実際そうなのかもしれない。ただ、スージーは自分だけのために誕生日を祝ってほしかった。双子の蝋燭《ろうそく》の横に蝋燭が立てられたケーキではなく、自分だけのケーキが欲しかった。「少し先になっちゃうけど、行くわよ」

「ママ、お願いだから――」

母親がまた笑った。「嫉妬しているみたい」

「ええ、そうよ。また来週電話するわ」

電話を終えたスージーはため息をつき、罪悪感や動揺が襲ってくるのを待った。だが奇妙にも、自分の気持ちを伝えたことで少し気分がよくなっていた。

彼女はキッチンに行き、黒い服を着たルアンナにほほえみかけた。「おはよう《ボンジョルノ》」

「ポットにコーヒーが入っているわ」ルアンナが言った。

「仕事？」

「ルッカのバレンタインデーよ。楽しまなくちゃ」

そこへジュリエットが入ってきた。やはり黒い服を着て、赤い髪をシニヨンに結い、耳にはパールのイヤリングをつけている。

「残念ながら私たちには恋人がいないから、演奏しながら他のロマンチックな人たちを眺めるだけだけど」ルアンナがため息をつく。

「起こしてしまったかしら」ルアンナがチェロを取りに行くと、ジュリエットが尋ねた。

「起きてはいたの」スージーは沈んだ気持ちを隠してほほえんだ。「すてきな演奏だったわ」

「『セビリアの理髪師』の《今の歌声は》よ。華やかな曲よね」そこでジュリエットがスージーの硬い表情に気づいた。「大丈夫？」

スージーはうなずき、肩をすくめた。「来週末、両親が来られなくなったの」

「かわいそうに……楽しみにしていたのに。ただ、このところ口数が少なくて、顔色も悪かったわね」

ジュリエットが心配そうな顔になったが、スージーは気遣われたくなかった。彼女にダンテとのことは話していない。「大丈夫よ」

「話したいときにはいつでも聞くわよ」ジュリエットがそう言ってルアンナと出かけていった。

アパートメントで一人になるのはこれが初めてだった。

平穏にひたったのもつかの間、ドアベルが鳴った。赤い薔薇の重さによろめきながら階段を上がってきた花屋ではなさそうだが、スージーは期待に胸を高鳴らせた。

「スージー！」やってきたのは必死の形相のペドロだった。「早めに来て準備を手伝ってくれないか？急な予約が入ったんだ」

「もちろんです」

「準備がすんだらウェイトレスをしてほしい」

「ペドロ……」スージーは抗議をこめてつぶやいた。厨房での仕事は限定的だったのだ。「いつ行けばいいですか？」

「今すぐだ」

〈ペルラ〉はまだ開店前だったが、この特別な日のためにスタッフは大忙しだった。パティシエたちはみんな集中し、クコーはほとんど顔を上げなかった。しかし、どんなに忙しくてもスージーを呼んでソフリットの味見をさせた。

「結婚パーティではウェイトレスをするんだろう？」クコーが尋ねた。

「結婚パーティ？」

クコーがうなずいた。「ケーキは提供する二十分前に冷蔵庫から出さなくてはならない。こぢんまりしたパーティだ。出席者は五人だけ……」そう言いながら巨大な冷蔵庫を開けた。今日のバレンタインデーがスージーにとってつらいものであったとしても、中を見た瞬間にそうではなくなった。

〝ジオとミミ〟

ケーキの上にはクリームで名前が描かれ、小さなハートとベルがあしらわれていた。

「ジオとミミは結婚するんですね？」ミミが教えて

くれなかったことに傷つきながら、スージーは言った。「いつ？」

クコーが壁掛け時計に目をやった。「今ごろしている」そう言って大切なケーキを箱に入れて閉じた。

「スージー？」ペドロが呼んだ。「着替えて」

スタッフルームに向かいながら、スージーは今日二度目の胸の痛みに身構えた。

ダンテはきっと来ないわ。制服に着替える間、約束の一晩が三晩になったことを思い出していた。

いいえ、ダンテはきっと来る。スージーは心の中で静かに反論した。そしてもしルッカに来るのなら、私に会いたいと思うに違いない。

でも、ダンテのような男性にとって、ウェイトレスとの週末にどんな意味があったというの？

彼は私に特別な存在だと感じさせてくれた。他の女性に同じことをしてきたとは思えない。

ダンテはきっと来ないわ。髪を束ね、口紅を塗りながら、スージーは自分に言い聞かせた。

通用口からジオの家に入るのは奇妙な感じがした。ペドロがさっそく指示を出しはじめた。「スージーとカミラは簡易キッチンにいてくれ」

「私はメインキッチンで働けないんですか？」

「今日はウェイトレスなんだよ」ペドロが鋭い口調で言った。

スージーはしぶしぶ簡易キッチンに向かった。そこには優雅な結婚祝いのランチのためにテーブルが用意されていた。驚いたことに、ジュリエットとルアンナの他に、指揮者とおぼしき背の高い紳士と別の演奏家二人がいた。

「スージー」ジュリエットが呼んだ。

スージーは小さく手を振ったが、そのあとはメインキッチンから大皿を運んでくるのに忙しかった。そしてペドロの指示で、シャンパンのトレイを持ってドアのそばに立った。

音楽が始まると、エメラルド色のドレスに身を包んだミミがジオとともに入ってきて、花婿にキスをした。

トレイの上のフルートグラスに伸びてきた手を見て、スージーは立ちすくんだ。どんなに気づくまいとしても、それがダンテの手なのがわかった。

「ありがとう《グラッツィエ》、スージー」

「どういたしまして」

ミミが幸せそうに抗議した。「ジオ、手配をしてくれてうれしいけど、すてきな旦那さまと新しい家族のために自分でお料理をしたかったのに」

「結婚式の日に私が君に料理を作らせると思うかね？」ジオが花嫁のために椅子を引いた。「さあ、座って」

「座らないわ」ミミが言った。「歌わなくちゃ」

別の男性がスージーのトレイからグラスを取りながらつぶやいた。「僕にはこれが必要だ」

スージーは顔を上げ、初めてセヴを見た。彼の発言は彼女にではなく、明らかに自分自身に向けられているようだった。

ミミがささやかな聴衆にほほえみかけ、夫を見つめると、音楽がやんだ。「私の愛は日に日に深くなっています。残念ながら声量は落ちたけれど……」

「君は天使の歌声の持ち主だ」ジオが言った。

ミミが弦楽四重奏団のほうを見た。「《今の歌声は》を」

ジュリエットが今朝練習していた曲だ。おそらくジオがミミのお気に入りだと言ったのだろう。そしてミミが新しい夫に向かって手を伸ばして歌いだし、スージーは初めて彼女の輝かしい歌声を聴いた。オペラについて何も知らなかったスージーは、この歌が自分の気持ちを的確に表していることも、ダンテと別れて以来さいなまれてきた欲望や孤独感を謳《うた》っていることも、今初めて知った。
ダンテに会えなくてどんなに寂しかったか……。

曲が終わりに近づいたとき、スージーはあえてダンテのほうを見た。だが、当然のことながら彼はミミを見ていた。ダンテの顎はこわばり、唇は引き結ばれている。いつも落ち着き払っている彼が初めて緊張しているように見えた。

「ブラボー」ミミが歌いおわると、ダンテが言った。

緊張していたのはセヴがそばにいたせいかもしれないとスージーは思った。

「ジオが今日〈ペルラ〉にケータリングを頼んだとは知らなかったんだ」ダンテがスージーのそばに来て言った。「結婚式について聞いたときは家族だけの昼食会で、ミミが料理を作ると言っていたから。弦楽四重奏と豪華なランチは、どうやら直前に決めたらしいな」

「こうなってよかったわ」スージーは無理にほほえんだ。結局のところ、とても特別な日になったのだ。ミミがなぜ事前に何も言わなかったのかも理解していた。つらかったのは、ダンテがルッカに来るつもりでいながら、自分に電話をしようとさえ思わなかったことだ。

明らかに私は彼にとってなんでもなかったのだ。

ダンテがスージーの腕をつかんだ。「君がここにいるとは思わなかったよ」

初めてダンテに腕をつかまれたときには鳥肌が立った。だが、彼の愛撫《あいぶ》がもたらす喜びを知っている今は、その接触に反応して体が熱くなった。スージーは恋しかった官能的な唇を見つめ、彼にキスをしようと一歩踏み出しそうになった。

だめよ！

「私は仕事中なの」彼女は腕を振りほどいた。

「僕はただ説明しようとしただけだ」そこへミミが割りこんできて、ダンテは言葉を切った。

「スージー！」ミミがスージーを抱きしめた。「どんなにあなたに話したかったか。でも、もし誰かに話したら……」ダンテが出ていき、スージーはミミのすばらしい指輪をしげしげと見た。ダイヤモンドをルビーとアメジストとエメラルドが取り囲んでいる。「ジオが言ったの。君は私の人生に彩りを与えてくれたって」

とても長く、とても豪華なパーティだった。ありがたいことに、幸せなカップルは互いに夢中で、孫息子たちの間の緊張に気づいていないようだった。スピーチは短く、親しげなものだった。

「ミミ、あなたはジオにたくさんの幸せをもたらしてくれた」セヴが新しい義理の祖母にほほえみ、それから祖父を見た。「ジオ、あなたはすべての幸せに値する」

「おまえもだよ」ジオが目をぬぐいながら言った。大仰ではないけれど部屋には愛が満ちていた。ダンテがスピーチのために立ちあがったとき、スージーは息を止めた。

「ミミ、この日を分かち合えたこと、あなたが家族の一員になったのはすばらしいことだ。そしてジオ……」ダンテが口ごもると、スージーは喉が締めつけられた。「僕たち二人とも愛しているよ」

ジオがうなずいた。「私もおまえたちを愛している」

音楽が再開され、ケーキを取りにメインキッチンに行ったスージーは、ペドロに休憩を取るように言われ、庭に出た。とても肌寒い日で、涙を流すにはぴったりだった。だが、ダンテも外に出てくるのを見て、急いで涙をぬぐった。

ダンテが彼女の前に回った。「君は今、厨房で働いているとジオが言っていた。おめでとう」

「ありがとう。今日はウェイトレスだけど」スージーは顔を上げた。「クライアントはどう？　ほら、奥さんに手紙を書いてしまった人は？」

「彼のせいで気が狂いそうだよ。月曜日が裁判だ」

ダンテが顔をしかめた。「判事が心配していたとおり、厄介なことになりそうだ」

スージーはダンテの険しい表情をちらりと見て、思いきって切り出した。「あなたが言ったことを考えてみたの。もしあなたとセリアが結婚を前提につき合いはじめたとしたら……あなたの言葉は正しいわ。私とあなたのことは姉には話さないでしょう」

「そうなのかい？」

「話したら姉を失うもの」正直に打ち明けるのはつらかったが、それが真実だった。

「じゃあ、なぜセヴに話すべきだと思うんだ？」

「もしあなたとベッドをともにしたのが私ではなくカサンドラなら……」

「一卵性双生児か」ダンテが顔をしかめた。

「もし姉たちの間に起きたことなら、二人は許し合うだろうし、どうにか乗り越えると思うの」

「そう簡単にはいかないよ」

「やってみたら？」スージーは正直なところ、ダンテが立ち去ることを期待していた。

「ローザは僕に妊娠しているかもしれないと言ったんだぞ。セヴがそれを聞きたがると思うか？」

「わからないわ」スージーの声は震えていた。「彼女は妊娠していたの？」

「もちろん違う。ローザは何度も電話してきて、いつルッカに帰ってくるのかとしつこくきいた。僕たちは恋人同士ではないと指摘すると、彼女は避妊具が破れていたのではないかと言いだした。そんなのありえないのはわかっていた」

「そういうことはよくあると聞くわ」

「僕にはない。十分気をつけていたし、ローザが嘘《うそ》をついているのはわかっていた。だから一緒にクリニックへ行こうと言ったんだ。もちろん彼女は望まなかった」

「彼女は何を望んでいたの？」

「結婚だ」ダンテが淡々と言った。「ローザは誰にも知られないうちにスキャンダルを封じようと提案した。僕は言ったよ、君と結婚する可能性は万に一もない、これ以上話す前にＤＮＡ鑑定を要求するとね。彼女が嘘をついているのは間違いなかった」

「どうして彼女は嘘をついたのかしら？」

「どうして？」ダンテが繰り返した。「ローザは僕をはめようとしたんだ。デ・サンティス家はずっとカサディオ家のワイナリーを狙っていたんだよ」

「本当にそう思うの？」

「スージー、僕の仕事の半分はこの種の問題の解決なんだぞ」

スージーは弱々しく息を吐いた。

「僕は妊娠検査薬で確かめるべきだと主張して薬局に買いに行った。戻ってくると、なんとローザは勘違いだったと言った」

「生理が来たの？」

「そういうことだ」

「あなたは誰にも言わなかったの？」

「セヴに話しておけばよかったが、そうはしなかった。三年後、僕がルッカに帰ってきたとき、ローザはセヴと愛し合っていると言った。僕は彼女が前と同じようにセヴに妊娠したかもしれないと告げたに違いないと思った。セヴは僕よりずっと責任感の強い男だ。だから妊娠は結婚の理由にはならないとわからせようとしたが、セヴは僕を殴り、ローザを悪く言うなと言った。彼女を愛しているからと」

「愛していたと思う？」

「わからない」ダンテがかぶりを振った。「それから事故が起きた。もう一度話そうとしたが、セヴは聞こうとしなかった」

「今なら聞くかもしれないわ」

「いや、それはない」ダンテがスージーのほうを見た。「君の質問について考えていた……ローザとベッドをともにしたことを後悔しているのか、セヴに言わなかったことを後悔しているのか」

「それで？」

「そもそも彼女と出会わなければよかったと思う。セヴと僕はもう元には戻れない」ダンテはスージーをその場に残し、家の中に戻っていった。

やがてケーキが切り分けられ、パーティはお開きとなって、ケータリングのスタッフが片づけを始めた。

スタッフがレストランに戻り、ミミの妹が帰ったあと、ジオが孫たちに目を向けた。演奏はまだ静かに続いている。

「ダンテ、なぜ誰かと一緒に来なかったんだ？」ジオが尋ねた。どうやら孫の恋愛をなんとかしようと決心しているらしい。

ダンテは曖昧にほほえんだ。ずっとスージーのことを考えていた。庭で彼女にすべてを話したあと、足早に立ち去ったことを。

「それにおまえは……」ジオが今度はセヴに問いかけた。「ここに家があるのに、なぜホテルに泊まっている？」

「だって新婚夫婦がいるじゃないか」

「それなら、なぜ弟の家に泊まらない？」

「出会いを求めているからかな」

「だったら、出会った相手を連れてくればいい」

セヴが苦笑いを浮かべ、眉を上げた。

「そうだわ！」この場の雰囲気を変えなければと思ったらしく、ミミが声をあげ、自分の選んだ曲を弦楽四重奏団に伝えた。

バイオリニストとビオリストは弓を構えたが、チエリストがふいにセヴのほうに目を向けた。彼女は地元の人間で、それが最善の選択ではないと知っているのだろう。

プッチーニの美しいソプラノのアリアだった。プッチーニの生まれ故郷ルッカでは有名な曲で、それを選ぶのは自然なことだったし、ミミもよく歌っていたはずだ。ただ、それはセヴとローザの結婚式で歌われた曲だった。

ローザの葬儀でも。

ジオは覚えていないようだった。

ダンテはしばし目を閉じ、それから目を開けてセヴを見た。兄は大理石のように蒼白《そうはく》だったが、頬がぴくぴくしているところを見ると、まだ血の気が残っているらしい。ミミの歌声が兄弟を包みこみ、あの恐ろしい日々へと引き戻した。

「ミミ」ダンテは彼女を止めようとしたが、セヴがそれを押しとどめた。ダンテの傷跡にそそがれた兄の視線は決して友好的とは言えなかった。

「ブラボー」セヴが立ちあがり、ミミに拍手を送った。「さあ、もう行かなくては」

「まだいてちょうだい」ミミが口をとがらせたが、ありがたいことにジオは疲れきっているようだった。

「僕も」ダンテも立ちあがった。

セヴがさっさと出ていったので、別れの抱擁とキス攻めにあったのはダンテだった。

「セヴ！」ダンテは外に出ると叫んだ。セヴが放っておいてくれと叫び返したが、ダンテは無視して兄に追いつき、腕をつかんだ。「聞いてくれ。僕はあんなことは言うべきじゃなかった。悪かったと思ってる。だが、もう十年近くたつんだぞ」

「放っておいてくれと言っただろう」セヴが警告し、ダンテのジャケットの襟をつかんだ。「それとも、もう一発殴ってやろうか。月曜日にどんな顔で法廷に立つか見ものだな」

「僕たちは兄弟だろう？」

「正しくは……」セヴがダンテを突き放した。「かつて兄弟だった、だ！」

ダンテはおとなしく立ち去った。月曜日に法廷に立つことをセヴが知っていたからかもしれない。

いや、それ以上に罪悪感に襲われていたからだ。

がらんとした家に帰ると、スージーが置いていったスカーフが階段の手すりにかけられたままになっていた。ダンテは家政婦と二言三言話したあと、そのスカーフを手に取り、顔に押し当てて彼女の香りを吸いこんだ。

最悪のバレンタインデーだわ！

長いシフトになるのは覚悟していたが、ダンテとの再会は地獄だった。スージーは今まで経験したことがないほど疲れきっていた。

〈ペルラ〉から外に出ると、ダンテがジェラートを持って待っていた。スージーはいったん歩みを止めた。頭の中はばかげた考えでいっぱいだったが、さらに早足で再び歩きだした。

「スージー……」城壁に寄りかかっていたダンテが彼女を見て背筋を伸ばした。

「ジオのところにいなくていいの？」

「帰る潮時だったんだ」ダンテが苦笑した。「君のところで話せないかな？」

「ルームメイトが帰っているかもしれないわ」

「あそこは尼僧院なのか？　男を連れて帰っちゃいけないのかい？」スージーの表情から自分のちょっとした冗談が受けなかったと知り、ダンテが真顔になった。「今日ここに君がいるとは知らなかったんだ。ルッカに帰るたびに君に知らせるべきかな？」

「いいえ」スージーは首を横に振った。電話で呼び出される愛人になるなんてごめんだ。「それで？」

「君がいるとは知らなかったが、いてくれてうれしかったと言いたかったんだ」

スージーはまだ頭がくらくらしていた。ダンテとの再会だけではなく、妊娠の可能性もパニックの原因だった。そこで彼を見て、もう一つ問題があることに気づいた。

プレイボーイの弁護士にとって相手が妊娠するのは最悪の事態だろう。でも、彼を愛するのは……？

自分の望みを否定するかのように、スージーは尋ねた。「あなたの望みは？」

「これだ」

ダンテはスージーにキスをした。ウイスキーの香りがする熱いキスだった。スージーはダンテという逃げ道に身をゆだね、考えるのをやめようとした。だが、すぐに自分を引き戻した。これは一時的な逃避にすぎない。

スージーはダンテから体を離した。「もう行ったほうがいいわ」

「スージー……」ダンテが一息ついた。「少し話せないかな？　頼む」

結局ベッドに行き着くことになるのはわかっている。何も約束できない男性と。

でも、チャンスを与えよう。一度だけ。

「今朝、母と電話で話したの。姉たちが来週末に引っ越しをすることになったから、四月まで私を訪ねてこられないんですって」

話の方向がわからず、ダンテが顔をしかめた。

「私の誕生日の週末はあいているってこと。舞踏会の週末よ。こっちに来られる？」

「裁判の真っ最中なんだ」

それはスージーが望んでいた返事ではなかった。両親の来訪が土壇場で取りやめになってどれほど傷ついたか、彼に理解してほしかった。がっかりするなと言ってほしかった。だが、ダンテは魔法の杖《つえ》を振り、舞踏会に行こうとは言わなかった。

「どういうことだい？　僕が舞踏会に誘ったら、今夜君のところに行っていいってことかい？」

スージーは顔を赤らめた。「そんなつもりじゃなかったわ」

ダンテがかぶりを振った。「君は姉たちとの奇妙な争いに僕を利用したいんだ」

「そうかもしれない」スージーは言い返した。「でも、セヴと仲直りしようとしないあなたみたいにあっさりあきらめるくらいなら、そのほうがましよ」

ダンテが突然くるりと向きを変えて歩きだした。

まったく、もう。階段を駆けあがったスージーはすぐに駆けおりたくなったがこらえ、中に入ってソファに座ると、両手に頭をうずめた。

ひどいことをしたのはわかっていた。だが、妊娠しているかもしれないと気づいた二秒後に彼にでくわしたときのショックといったら……。

「スージー？」

ピザの箱を持ったルームメイトたちがいた。

「あれから大変だったのよ」ジュリエットが言った。

「カサディオ兄弟が……」ルアンナが言いかけた。

スージーの心は沈んだ。「何があったの？」

「ミミが《私のお父さん》を歌ったの。そのとき兄弟の顔に浮かんだ表情と言ったら……」ジュリエットが椅子に座りながら言った。

「どうやらセヴの結婚式で演奏された曲らしいわ」ルアンナが説明した。「それに、彼の奥さんの葬儀でも。セヴがどなりだすんじゃないかと思ったわ」

スージーはさっきの自分の態度を悔やんで目を閉じた。ダンテは本当に話をしたかったのだ。

まさに最悪のバレンタインデーだった。

10

「授業はどうだった？」月曜日、帰宅したスージーにジュリエットが尋ねた。

「最高よ」そう答えたものの、声には元気がなかった。

ジュリエットも元気そうには見えなかった。居間のソファに座って音を消したテレビを見つめながら、まるでずっと泣いていたかのようだった。

「今日はリハーサルはないの？」

「ええ。私はメンバーに選ばれなかったの」

スージーはその気持ちがわかった。「残念だったわね」

「奨学金のことが心配なの」ジュリエットが打ち明けた。「指導についていけていないのよ。家賃を払うためにアルバイトをして、練習する時間が十分取れない。夜明けに起きて、遅れを取り戻そうとしているけど……」

スージーはジュリエットの隣に座り、彼女を抱きしめた。彼女に朝の練習について文句を言わなくてよかったと思いながら。「家族の援助は？」

ジュリエットは首を横に振った。「音楽をあきらめたくないけど、現実を見なくちゃ」そこでテレビに目をやった。「ねえ、彼よ……」

スージーは平静を装い、ゆっくりとテレビのほうを向いた。そこには裁判所に向かうダンテが映っていた。

「あれは今朝の映像ね」ジュリエットが言った。

ダンテはグレーのスーツにまばゆいほど真っ白なシャツを合わせ、光沢のあるダークグレーのネクタイを締めていて、スージーよりずっと元気そうに見えた。そのあと裁判所に映像が切り替わり、その外には報道陣のカメラがずらりと待機していた。

「なんとも言えない結婚式だったわね」ジュリエットがまた話しだした。

　スージーはテレビ画面から目を離した。「私はすばらしかったと思うわ」

「でも、悲しかった。部屋は写真だらけで、演奏しちゃいけないと言われた曲もたくさんあって」

　スージーは目を閉じた。あのときは自分がつらい思いをしていることしか頭になかった。ダンテは私を必要としていたのに、彼のそばにいることもなく、話に耳を傾けることもなく、舞踏会に誘ってくれないかと、そればかり考えていたのだ。

　そのとき、階段をのぼる足音が聞こえ、ドアが開いて、興奮したようすのルアンナが駆けこんできた。

「テレビの音をオンにして」

「どうしたの？」

「これから記者会見があるの」ルアンナがテレビの消音を解除した。「二人はやり直すのよ、もう一度！」

　幸せなカップルがほほえみながら手をつないでいて、そのかたわらには弁護士が立っていた。

「この一年は双方にとって困難なものでした。ですが今、二人は誓いを新たにし、前に進むことを楽しみにしています」

「ほらね？」ルアンナが言った。「弁護士の思いどおりってわけ」

　ダンテは夫婦の幸せを祈ると伝え、硬い笑みを浮かべてクライアントと握手をすると、事務所に戻った。耳には判事の叱責がこびりついていた。

〝シニョール・カサディオ、この件は法廷に持ちこむべきではありませんでしたね〟

　それから二日間、ダンテは報道陣への対応や山積みになった書類の処理に追われ、そのあと金庫から小さな封筒を取り出した。

　自分のアパートメントに戻った彼は、スージーの言うとおりだと思った。ここは明日にも家具つきの豪華なペントハウスとして貸し出すことができそうだ。衣類と洗面用具を除けば、持ち出すものはほとんどない。

　ダンテは封筒を開け、てのひらに出した二つの小さなルビーを見つめた。そして、母親が宝石店で自分の好きな石を選んでいたことを思い出した。

〝ルビーがいいわ〟

〝ダイヤモンドじゃないの？〟

〝ダイヤモンドはたくさん持っているの〟

　ダンテはセヴのほうを向いた。〝エタニティリングって何？〟

　今、ダンテはセヴの答えを思い出した。

〝永遠を象徴する指輪だよ〟

　ダンテは顔をしかめた。〝死んだあとも？〟

　あのころのダンテには心があった。みんなを愛していた。だからパパもママも死んでしまうと思い、泣きだした。

〝ダンテに何を言ったんだ、セヴ？〟父親が言い、ダンテのほうを向いた。〝泣くな〟

　だが、涙が止まらなかった。

　両親の死を知ったときも、二人の葬儀のときも、ダンテは泣かなかった。セヴに殴られたときも、傷口を縫合されるときも。心を捨て去ったときも。

　ローザと再会し、それをきっかけにセヴと仲たがいした日から、彼はすべての感情を殺した。

　スージーが現れてから、その感情が戻ってきた。

　ダンテは厨房《ちゆうぼう》の仕事をまかされて幸せそうにしている彼女の姿を思い浮かべた。だが、ルッカにはあまりにも多くのつらい記憶があり、帰ると思っただけで動揺してしまう。

彼はルビーに目をやり、携帯電話を取り出した。

「シニョール・アディーノ……」

プレゼントを贈ろうとダンテは決めた。そしてスージーを手放すのだ。

「スージー、まだすねているの?」

週の半ばに母親が電話してきた。

「まさか」スージーは正直に言った。「考えなくちゃならないことがたくさんあって。シェフ見習いにならないかって言われたの」

「まあ、すばらしいわ。高い学費を出してフィレンツェの料理学校に通わなくてすむわね」

「そうね」スージーはドアにかけられた新しい白い制服に目をやった。昨日クコーに渡されたもので、上着には〈ペルラ〉のロゴが刺繍《ししゅう》されている。

通話を終えると、スージーは携帯電話を置き、初めて試した妊娠検査薬の結果を見た。

ジュリエットと同じように、現実と向き合うときが来たのだ。

陽性。

ありえないが、ピンクの文字が妊娠を伝えていた。

スージーはかぶりを振り、もう一度検査結果を確かめて、間違っているに違いないと自分に言い聞かせた。あまりに皮肉だった。交際はおろか、一週間先の約束さえできないような家族法専門の弁護士の子供を身ごもってしまうとは……。

スージーは堰《せき》を切ったように泣きだした。

これまで何度も泣きそうになるのを我慢してきたが、世界が根底から揺さぶられた今、もうこらえきれなかった。スージーはベッドに横たわり、美しい白い制服を抱きしめた。シェフ見習いの仕事を断らなければならないのはわかっている。そしてもちろん、ダンテにも伝えなければならない。

でも、どうやって?

イギリスに戻り、そこでなんとかしようと決めた。この町の噂《うわさ》の的にはなりたくない。けれども、そうなってしまうかもしれない。カサディオ家の兄弟はちょっとしたいさかいをしただけでも噂になる。〈ペルラ〉の見習いシェフがダンテ・カサディオの子供を妊娠したらどうなることか……。

自分のためでも、ダンテのためでも、ジオのためでもなく、おなかの子供のためにスキャンダラスなゴシップになることは望まない。

涙が止まり、落ち着きが戻ってきた。

スージーは自分に言い聞かせた。私が望んでいるのはおなかの子の幸せよ。

スージーはその週をなんとか乗りきった。自分の誕生日にはケーキまで作った。

「パーティはいつ？」

スージーがクリームでハートと花を描くのを見ながら、ジュリエットが眉根を寄せて尋ねた。

「明日よ」

「よかった、今夜は二人とも仕事だから」

スージーはジュリエットを見た。「演奏するの？」

「ええ！」ジュリエットが顔をほころばせた。「でも、手首を骨折しちゃった子の代役よ」

「ああ、私も行きたかったわ」

「来年ね」ルアンナが言った。

その言葉を聞き、スージーの平静がつかの間揺らいだ。来年の今ごろには自分が全責任を負う小さな命が誕生しているはずだ。

来年も再来年も舞踏会はないと思うと手がおろそかになり、クリームの花の一つが崩れた。

それに、舞踏会に連れていってほしいのはダンテだけだ。

でも、魔法使いがいれば、白馬の王子さまはいらない。

「スージー！」ミミがスージーを抱きしめた。「イエスと言うには遅すぎるかしら？」

「なんのこと？」

「舞踏会よ」

「舞踏会？」ジオが口をはさんだ。「今夜だぞ」

「彼の言うことは聞き流して」ミミがそう言って明るい笑顔を見せた。「もちろん、まだ間に合うわ」そしてジオのほうを向いた。「スージーと私はちょっと妹のところへ行ってくるわね」

ダンテは鏡に映った髭《ひげ》を剃《そ》っていない自分を見た。まるで気落ちしたジオのようだ。あるいは恋するジオか。

土曜日の午後遅く、ダンテは携帯電話を取りあげた。過去を乗り越えずに未来を見ることはできない。

「ダンテ」セヴがそっけなく応じた。

「話せるかい？」

「悪いが時間がないんだ。舞踏会に出席するためにルッカへ行こうとしているところでね」

ダンテはスージーのことを思い出し、胸が締めつけられた。「ある女性と出会ったんだ。名前はスージー」

「知っている。ウェイトレスだろう」

「どうして知っているんだ？」

「僕はおまえの兄だぞ」

「あの事故以来初めて、ルッカのどこを見てもつらい思い出がよみがえることがなくなったんだ」ダンテは言った。丘に目をやっても、ヘリコプターの残骸や墓地ではなく、ワイナリーのソファに座るスージーを思い出す。「会って話せないかな？」

「明日にしよう。過去を引きずりたくはないんだ」セヴが言った。

「僕もそうだが、どうすれば前に進めるのかわからない」

「もう行かないと」そこでセヴの悪態が聞こえた。

「どうした？」

「遅刻だ。別の便を探さないと」

「今どこだい？」

「エディンバラだ」

ダンテは腕時計を見た。「間に合わないよ」

「おまえに舞踏会に行ってもらうしかないな」

ダンテはタキシードをガーメントバッグに入れながら、自分がまずい状況に陥ることを覚悟した。舞踏会に出ると知ったら、スージーは絶対に僕を許さないだろう。だから車の中から彼女に電話し、留守番電話にメッセージを残した。

「舞踏会に誘うには遅すぎるとわかっているが、どうしても出席せざるをえなくなった。今夜ルッカに着く。また電話するよ」

手配しなければならないことはたくさんある。

「ああ、スージー」

ミミはまさに魔法をかけてくれた。グレーがかったパステルピンクのドレスはゴージャスで、美しい靴はサイズぴったりだった。顔色は悪かったが、メイクが見事に変身させてくれた。ミミはいつも自分でステージメイクをしていたのだ。スージーは長いまつげをしばたたきながら鏡を見つめた。唇は淡いピンクで、ゆるやかにカールした髪は片方の肩に流してある。

これまでスージーはずっと孤独を感じてきた。それを受け入れるときが来たのかもしれない。それを受け入れ、ただ楽しむのだ。

「君は舞踏会の花になるだろう」ジオが言った。彼はスージーを乗せる車を手配したあと、彼女を送り出すためにミミの妹のところまでやってきたのだ。

「ダンテのスピーチがどう受けとめられたか、あとで教えてくれ」

「ダンテ？」スージーは顔をしかめた。「彼は行かないと聞いているわ」

「いや、行くはずだ。セヴが行かれなくなったから」

スージーの心臓は一瞬、いや、二秒ほど止まった。ネイルしたての爪がてのひらに食いこむ。

ダンテはきっと電話してきたはずよ。スージーは携帯電話をチェックした。確かに彼は電話してきていた。今夜ルッカに着く予定で、舞踏会には出席するという。

今さら連絡してくるなんて！

「ミミ、ありがとう」スージーは車に乗りこみながら言った。

「最初が肝心よ。足を止め、ほほえむ。たとえおじけづいていてもね」ミミがアドバイスした。

「わかったわ」スージーはうなずいた。

浅い春の夕暮れどき、空はピンクに染まり、石畳の狭い通りには高級車が並んで、華やかな人々があふれていた。

ダンテもそこにいるはず……。

スージーが抱いていた怒りと痛みは、突然わきあがった安堵《あんど》感に押しやられた。その瞬間、彼女はダンテと向き合おうと決めた。いずれイギリスから電話をするとき、あるいは法的書類を作成するために会うとき、今夜の私を彼に思い出してもらおう。レストランで働いたあとの疲れきった姿でもなく、舞踏会に連れていってくれるよう懇願した姿でもない私を。

私は一人で立ち向かえる。

そのことを彼に知ってほしい。

車は美しくライトアップされた壮麗な建物の前に

到着し、スージーは美しい女性と洗練された男性で柱廊玄関《ポルチコ》がにぎわっているのを見た。今度は彼女が到着する番だった。

ドアが開けられ、手袋をはめた手が差し出されて、スージーは車からネイビーのカーペットに降りたった。一人で。

そのとき、ダンテの姿が目に入った。

ダンテは柱のそばに立っていた。タキシード姿の彼は信じられないほどゴージャスで、最初は向こうを向いていたが、退屈そうに周囲を眺めてからこちらを振り返った。

スージーはほほえんだ。ミミに言われたからでもなければ、彼がいなくてもいかにすばらしい人生を送っているかを見せつけるためでもなかった。ただ、ダンテに会えてうれしかったからだ。

クールにほほえもうとしたのに、心からの笑みが浮かんだ。ダンテがほほえみ返さなかったときだけわずかにゆがんだが。

二人はただ見つめ合った。ダンテはいつもの彼らしくなかった。

「シニョリーナ」

スージーはカメラに向かってほほえむよう呼びかけられ、そのあと騒々しい人波の中に案内された。

巨大なシャンデリアが光を振りまく舞踏室に足を踏み入れ、オーケストラに目をやる。そこには演奏に集中しているジュリエットがいた。だがスージーに気づくと、にっこりしてうなずいた。

「とてもすてきだ」

ダンテの声が聞こえ、スージーは振り向いた。

「ありがとう」そして、通りかかったウェイターのトレイからシャンパンのグラスを取ったとき、飲んではいけないことを思い出した。

スージーはグラスを持ったまま、ぎこちなく立っていた。ダンテはまだ私の妊娠を知らない。でも、ここで話すつもりはないわ。

彼女は笑顔を保って言った。「ジオはあなたがスピーチをすると言っていたわ」

「セヴが間に合わなければね」

「彼も来るの？」

「ああ」

「あなたのメッセージは聞いたわ」

「すまなかった。今さらだと思っただろうね」

「ちょっとね」スージーはうなずいた。

「踊らないか？」

スージーは誘いを断り、恨みをぶちまけて、ここにいる他の男性たちと踊りたかった。ただ、一緒に踊りたいと思う男性はダンテ以外にはこの世に一人もいなかった。

「すてきね」

スージーはオーケストラの演奏に合わせて踊ったことも、正式なダンスをしたこともなかったが、ダンテは完璧なパートナーで、足の動かし方を逐一指示してくれた。

そのおかげでスージーは何も考えずに踊れた。このまま音楽が終わらなければいいのにと思った。だが、ダンテは楽しむためだけにここにいるのではない。

「他のお客とも踊らなければならない」彼が言った。

「わかっているわ」

「踊りたくはないが」

「行って」

一人でいるのはかまわなかった。ダンスの申しこみはたくさんあったし、話し相手もいた。ダンテがいなくても、世界が終わるわけではない。

どのテーブルも香りのいい花や豪華なごちそうで埋めつくされていた。

スージーは自分に誓った。ダンテにどんなにそそられても、彼がどんなに巧みに誘っても、きっぱりと断るのよ。今夜は完全に自制心を保ったまま帰らなくては。

音楽がやみ、スピーチが始まると、彼女はテーブルに近づいた。

ひときわハンサムな男性がマイクを持って口を開いた。「シニョール・セヴァンドロ・カサディオ……」言いかけて、すぐに訂正した。「失礼、シニョール・ダンテ・カサディオです」

ダンテはすべての人々に感謝の意を表し、クリストスと彼の妻の献身をたたえてから、オーケストラに礼を述べ、今夜がいかに春にふさわしく彩りと美に満ちているかを語った。「私の祖父と美しい妻ミミは、多くの人々に愛されているこの夜を支援できることを喜んでいます」彼がさりげなく二人の結婚を伝えると、聴衆の間に驚きのあえぎが広がり、そのあと拍手がわき起こった。「私はこの舞踏会には長いこと出席していませんでしたが……」

ダンテのスピーチをおおむね聞き取れたことをスージーは誇らしく思ったが、続いて彼が口にした言葉を聞き、泣きそうになった。

「今夜ここにいられること、故郷に帰れたことを喜んでいます」

ダンテが演壇から下りると、スージーは無意識に出口へ向かっていた。涙が頬を伝うのを感じた。

まだ帰りたくない。ずっとここにいたい。

私はダンテを愛している。

ダンテは遅れて到着したセヴと話していたが、二人は憎み合っているようには見えなかった。スージーは新たな涙がこぼれるのを感じ、すぐに親指でぬぐった。

もう出ていくときだ。

そのとき、ダンテが近づいてきて彼女の手をつかんだ。

「踊ろう」

もう一度だけ彼と踊りたい……。

ダンテの手がスージーの背中に回され、もう一方の手が彼女の手を握ったが、二人の間は少し離れていた。「クコーが言うんだ、新しいシェフ見習いと踊れって」

スージーは唾をごくりとのんだ。「見習いの仕事はまだ引き受けていないわ」

「なぜ引き受けないんだ？　あんなに望んでいたじゃないか」

「よくわからなくなったの」声がかすれた。長い間抱いていた夢と決別することをさりげなく伝えるのはむずかしかった。スージーは急いで話題を変えた。「これ、知っている曲だわ。ジュリエットはいつも同じところでつまずくの」

ダンテはほほえんだが、緊張しているようだった。おそらく兄が到着したからだろう。

ダンテに引き寄せられ、スージーは彼の胸に頭を預けた。そろそろジュリエットの苦手な一節だ。

音楽がなめらかに高まると、スージーはにっこりした。「完璧だわ」

「ああ」ダンテが言った。「完璧だ」

二人の体は今や密着していた。ダンテの手はスージーの背中に、もう一方の手は腰に当てられ、彼女の手は彼の胸に置かれていた。

「スージー」しだいにダンスフロアがすいてくると、ダンテが言った。「僕が電話したとき――」

「ダンテ、やめて」

「君を舞踏会に誘おうとしなかったのは――」

「ダンテ！」話はもうたくさんだった。「化粧室に行ってくるわ」

スージーは化粧室で口紅を塗り直し、潤んだ目を見つめた。ダンテの言葉に傷ついていた。

〝君を舞踏会に誘おうとしなかったのは――〟

プライドはどうしたの、スージー？

そこでスージーは華麗な舞踏室に戻る代わりに大階段を下りはじめた。

「逃げるのか？」

ダンテの声が矢のように胸に刺さり、スージーは足を止めた。振り返って肩をすくめる。

「いいえ」彼女は首を振った。「来たときと同じように一人で帰るだけ。私を誘おうとしなかったなんて信じられない。あなたは私の夜をだいなしにしたのよ」

「どうしてそうなるんだ？」

「私は今夜を完璧にしたかった。あなたと一緒に会場に到着したときの写真が欲しかったの。そうすれば、あとで振り返って、ああ、この人だった、そして相手は私だったと思い出にひたれるから」

「スージー、だいなしになんかなっていない」

「いいえ、だいなしよ」スージーはダンテを見つめた。その瞬間、満たされなかった思いがいっきにあふれ出した。「私は私だけのものが欲しかったの」

私のために。私たちのために。

禁断の言葉を口にする前にスージーは口をつぐんだ。

ばかね。私たちの間には何もなかった。ただ、もし子供が生まれたら、そして、もし弁護士を通してしかダンテとつながれなくなるのなら、思い出が欲しかっただけ。

両親や姉たちに見せるためだけではない。

我が子に見せるために。

〝これがあなたのパパと私よ〟と言って。

すべてが塵《ちり》と化す前の写真が一枚欲しかった。

たった一度の魔法の夜が彼のせいでだいなしになってしまった。

「私にきこうとも思わなかったの？」ダンテが軽やかに大階段を下りてくるのを見ながら、スージーは震えていた。

「舞踏会のことは頭になかったんだ。だが、君が車から降りてきたとたん、僕は君から目が離せなくなった」

「遅すぎたわ」スージーの目は涙でいっぱいだった。

「遅すぎるということはない」ダンテがほほえんだ。

「戻ってきてくれ」

「厚かましいのね」

「そうだよ」そしてダンテはスージーに近づき、キスをした。彼の巧みな唇は渇望に満ちていた。

　話すよりもキスをするほうがずっと安全だった。口を開いたら、あなたを愛していると……子供を授かったと言ってしまうかもしれない。

　ダンテが唇を離し、今度はスージーの髪を持ちあげて首筋にキスをした。「一緒に帰ろう」

　スージーの決意は揺らいでいた。もう一晩だけならいいんじゃない……？

「君はスカーフを置いていっただろう」

　スージーは笑った。一緒に帰ろうと言ったのはそのため？　でも、今はそれで十分だ。「そうだったわ」彼女はうなずき、ダンテにキスをされると目を閉じた。そのとき、午前零時の鐘が鳴った。

　私の誕生日だ。

　ダンテが覚えているはずもないけれど、今はそんなことはどうでもいい。

「私を連れていって《ファイ・ストラーダ・トゥ》」

「君のイタリア語は日に日に進歩しているね」

「そうでしょう？」スージーは片手でドレスのスカートを持ち、もう一方の手でダンテの手を握って、彼と一緒に石畳の道を歩きだした。

　やがて二人はダンテの家に着いた。

「おいで」ダンテはスージーをダイニングルームに導いた。「ここで踊ろう」

「もう踊りたくないわ」スージーは自分でも聞き慣れない、震えを帯びた声で言った。

ダンテがスージーの目を見つめた。きっとそこには欲望の炎が燃えているはずだと彼女は思った。

「君は僕の計画をだいなしにしてくれた」ダンテがスージーを抱きあげながら言った。

「あなただって私の計画をだいなしにしたわ」スージーは彼の首に腕を回して言い返した。

ダンテはそのまま寝室に向かい、スージーをベッドに横たえた。グレーがかったパステルピンクのドレスが雲のように彼女を包みこむ。彼がドレスの裾を持ちあげて腿をあらわにすると、スージーは目を閉じた。

「気をつけて。私のドレスじゃないのよ」

「もう黙って」ダンテが言い、レースのショーツを引きおろした。靴はすでにどこかで脱げていた。

「ああ、スージー」彼が低く魅惑的な声でささやき、唇を腹部の柔らかい肌に近づけた。

そうやって名前を呼ばれると、ダンテに求められ、あがめられていると感じられた。たとえ長くは続かなくてもいい。

ダンテの熱い唇が下腹部へとすべり、最も感じやすい場所にたどり着く。スージーは体の奥が欲望に締めつけられるのを感じた。

ダンテの柔らかな口がスージーの体の芯を愛撫《あいぶ》し、より敏感な部分を探り当てたとき、彼女は息も絶え絶えにささやいた。「お願い《ミ・ピアーチェ》……やめないで《ノン・ティ・フェルマーレ》」

ダンテはやめなかった。スージーが腰を浮かせると、さらに熱をこめて愛撫を続けた。まるで浮遊しているかのような心地よさに、決して終わってほしくないと思ったが、やがてすばらしいクライマックスが訪れ、口から嗚咽《おえつ》がもれた。

スージーは呼吸を整えながら、うっかり愛しているなどと口走っていないことを願ったが、ダンテは何も耳に入らないようすだった。彼がベルトをはずし、ズボンのファスナーを下ろして体を重ねてきた。

体が熱く燃えあがり、スージーはシーツをつかんだ。すでに消耗していたが、半ば閉じた目でダンテを眺め、その姿に見とれた。

なぜなら、彼を崇拝していたからだ。

ダンテが叫び声とともにのぼりつめ、彼が吐き出した息が体の内側を撫《な》でたように感じた。

「息ができないわ」スージーは言った。

「いや、ちゃんとしているよ」彼が言った。

それからダンテはスージーのドレスを脱がせ、自分の服もはぎ取った。その手際のよさに彼女は感嘆した。

私は彼のベッドに戻ったのだ。

11

スージーは二人で迎える朝が好きだった。

「おはよう」ダンテが言った。たとえ未来が定かではなくても、彼のかたわらで目覚めるのは最高だ。

「マスカラが落ちてパンダみたいになってる」

「わかっているわ」

二人は横になったまま見つめ合った。

スージーが何を言えばいいのかわからないでいると、ダンテが言った。「君を舞踏会に誘わなかったのは、あの行事が僕にとっては義務でしかないからだ」そこで彼が起きあがった。「コーヒーを持ってくるよ」

「紅茶にして」

「紅茶？」ダンテが眉根を寄せた。「朝食は？」

「けっこうよ。ゆうべシャンパンを飲みすぎたみたい」スージーは嘘《うそ》をついた。

ダンテがうなずき、タオルを手に取った。

スージーは自分が真実から逃げているとわかっていたが、ダンテの愕然《がくぜん》とした表情は見たくなかった。

ダンテは戸棚をあさったが、紅茶はなかった。それから大事な小箱を取りにダイニングルームに行くと、アイスバケットで冷やしていたシャンパンが目に入った。

スージーは昨夜、シャンパンに口をつけなかった。

それに、〈ペルラ〉のシェフ見習いの仕事をまだ引き受けていない。

ダンテは洞察力には自信があった。

スージーは妊娠しているのだ。

体に衝撃が走るのを待ったが、それはなかった。

もしかしたらスージーはイギリスに帰り、僕と完全に縁を切るつもりかもしれない。だが、ダンテは彼女を責める気持ちになれなかった。

ローザとのことを知っているから、スージーは僕に話すまいと思ったのだろうか？

赤ん坊……。

ダンテは今まで想像もしなかったことについて考えた。僕に息子か娘ができるのだ。

だが、まずスージーの考えを知る必要がある。

自分の考えはわかっている。

二人とも真実を話さなければならない。

寝室のドアが開けられたとき、スージーは半ばうとうとしていた。

「ハッピーバースデー・トゥー・ユー……」

セクシーなダンテが気恥ずかしそうに歌いながらトレイを持って入ってくると、スージーは純粋な喜びにひたった。小さなケーキに蝋燭《ろうそく》がともされているのを見て、思わず体を起こす。

「覚えていてくれたのね」ピンクのクリームで名前が描かれ、小さな銀のアラザンでハートがかたどられた美しいケーキを前にして、スージーは喜びのため息をついた。クコーが作ったのは間違いない。

「すばらしいわ」

「蝋燭を吹き消して」ダンテが言った。「君の好きなケーキにしてもらったんだ。リキュール風味のラズベリーとホワイトチョコのケーキだよ」彼がさっそくケーキを切り分ける。

「あとで食べようかしら」スージーは小声で言った。

「シャンパンを飲みすぎたから？」ダンテがナイフを置いた。「ところで、君の勝ちだよ」

「何に勝ったの？」

「君の姉さんたちとの競争だ。二人は嫉妬するだろう」ダンテが携帯電話を渡しながら言った。「君はとてもきれいに写ってる」

「まあ！」スージーは舞踏会に到着した自分の写真を見て、悲しくなるどころか、一人で行ったことを誇りに思った。「悪くないわね！」

「他にもある」ダンテが別の写真を見せた。「階段に立つみじめそうな男を見てくれ」それはダンテで、スージーは声をあげて笑った。

それから二人は見つめ合った。

〝これがあなたのパパと私よ〟

そう、私には我が子に見せる写真がある。

スージーは顔を上げた。今、彼に打ち明ける勇気があるだろうか？　この完璧な朝をだいなしにする勇気が？

いいえ、あとにしよう。今朝は私とダンテのためだけにある。ダンテがケーキを用意してくれて、今までで最高の誕生日になったのだ。

「これを」ダンテが小さな箱を差し出した。金色の包装紙に包まれ、金色の細いリボンが結ばれている。

「きれいね」

「それは箱を開けてから言うせりふじゃないかな」

そしてダンテは、スージーの頬を伝う涙を見た。

「なぜ泣くんだ？」

「これはあなたのアシスタントから？　すべてを終わらせるちょっとしたアクセサリー？」

「いいや」ダンテの声が急に真剣味を帯びた。「僕からだ。緊張しているのは認めるよ」

「どうして緊張しているの？」

「誕生日プレゼントを贈ったことがないからだ。気に入ってくれるといいんだが」

　自らラッピングをしたわけではないかもしれないが、ダンテは小さなカードを添えてくれていた。

〈すべてが美しい《トゥッティ・ベッラ》君へ。ダンテより〉

　包装紙をはがす前からスージーの心臓は高鳴っていた。箱を開ける前から気に入っていた！

　蓋を開けたスージーは息をのんだ。宝石でできた花の輪がビロードの台座におさまっていた。

「マグノリアね」彼女はかすれた声でつぶやいた。淡い色のサファイア、エメラルド、シードパールが繊細な花を形作っている。「完璧だわ。いったいどこで見つけたの？」

「ルッカの店で」ダンテが答え、ネックレスを箱から取り出した。「僕につけさせてくれ」そしてネックレスをスージーの首につけた。

「つけたところを見てみたいわ」スージーが言うと、ダンテがベッド脇の引き出しから手鏡を取り出した。

「祖母の形見なんだ」

　スージーは手鏡でネックレスをつけた自分を眺めた。「こんなに美しいものは見たことがないわ」

「ゆうべ君に渡すべきだったよ」

「いいえ」スージーは首を振った。「誕生日プレゼントにぴったりよ」感極まって泣きだすと、ダンテがティッシュを差し出した。「ありがとう」

「どういたしまして」ダンテが彼女を見た。「マグノリアが咲くころには君はここにいないんだから、プレゼントにふさわしいと思ったんだ」

スージーはぴたりと動きを止めた。

「君はイギリスに帰るんだろう？」

「そんなことは言っていないわ……」

「そろそろ二人とも本当のことを言わないか？」

「ダンテ……」スージーは唾をのみこんだ。彼は何を言おうとしているの？

「君は妊娠しているね」

「私は……」

「ショックを与えないように話す必要はないんだ。もうわかっているから。妊娠していなければ、シェフになる夢をあきらめようとはしなかっただろうし、ゆうべシャンパンを飲んだだろう。さっきケーキを食べるのを後回しにすることもなかったはずだ」

「ええ」スージーはようやく言った。「そうよ」

「いつわかったんだい？」

「今週の水曜日に妊娠検査薬を試したの」

「それで、僕にはいつ言うつもりだった？」

「イギリスに帰ったら」スージーは肩をすくめた。「このことでもめたくなかったの。あなたは弁護士だから、ＤＮＡ鑑定を求めるでしょう？」

「君は一人で乗りきりたいのか？　確かに僕は弁護士だが、ＤＮＡ鑑定を求める気はない。君が望むなら、ベストを尽くすつもりだ。赤ん坊のために」

スージーはうつむいたが、すぐに顔を上げ、妊娠していると認めてから初めてダンテの目を見た。

「君が何を望んでいるか話してくれないか？」

スージーは口にするのが怖かった。

「わかった」ダンテが沈黙を破った。「僕が何を望んでいるか話そうか？」

「ええ」

「結婚だ」

「そんなこと言わないで」

「それが僕の望みだ」

「私たちはお互いをよく知らないわ。出会って間もないし、あなたはふだんミラノにいる」

「君と離れているのはつらいよ」

「まあ……」スージーは怒りをこめてダンテを見た。「舞踏会に誘ってもくれなかったのに、いきなり結婚したいだなんて」

「君を愛している。さあ、僕の望みは言った。今度は君の番だ」

「時間よ」スージーは言った。「この状況に慣れる時間が欲しいの」

ダンテはしばらく黙っていた。「もういいだろう。僕は慣れた。僕たちの話をしよう。赤ん坊のことはとてもうれしいよ。二人で取り組めばいい」

スージーはいとしい男性のチョコレート色の瞳を見つめた。それが正しいことだからという理由でダンテが自分との未来を築こうとするのは彼女の望みではなかった。

「愛と呼ぶには早すぎると思うわ」

「じゃあ、どうなるか見てみるかい？　僕の気持ちは変わらないはずだ」

「ダンテ、あなたが私を愛しているとは思えない。ローザが招いた不和を償うために、正しいことをしようとしているだけよ」

「彼女を引き合いに出さないでくれ」

「それともジオを幸せにしようとしているの？」

「僕がどんな仕事をしているか知っているだろう？　間違った理由で結婚したり、間違った理由で別れようとしている男女に寄り添っている。愛について嘘をつくつもりはないよ」

「私を愛していると気づいたのはいつ？」

「今は君にいらいらしているけどね。君こそ、僕を愛していないのなら、そう言ってくれ。僕はそれを受け入れる」

「愛しているわ。心から」

「よかった。いつ気づいたんだい？」

スージーは思い返したが、特定するのはむずかしかった。「ずっと前よ」いや、それはちょっと言いすぎかもしれない。「今週の水曜日かも」

「僕もいつ気づいたのかよくわからない。ただ、ミラノに戻った日に、宝石店に電話してネックレスを作ってくれるよう頼んだんだ」

ネックレスをもう一度よく見たくてスージーがはずそうとすると、ダンテは彼女に背中を向けさせて手を貸した。

「姉さんたちのお古じゃなくて、自分だけの特別なものが欲しいと言っていただろう」

スージーはほほえみ、それから涙をこぼした。

「この小さなてんとう虫は？」

「そのルビーは最後に追加したんだ。水曜日に。君には新しいものを贈りたかったが、二つある母の形見のルビーのうち一つは自分が、もう一つはセヴが持っているべきだと思った」そこでダンテは少し考えこんだ。「そうだ、僕も水曜日に君を愛しているのに気づいたんだよ」

スージーは振り返り、ダンテにキスをした。それは愛のキス以外の何物でもない、至福に満ちたキスだった。

「結婚してほしい。あの丘で。今では丘のことを考えると、君を思い出すんだ」

「私にプロポーズさせて」スージーは言った。「私が先にあなたを愛したんだから」

「それはどうかな……」

そのあと二人は甘い議論に夢中になった。

エピローグ

スージーはついに町の噂《うわさ》の的となった。

十二月にルッカにやってきた彼女は、翌年の五月に結婚することになった。レストランの常連客たちは厨房《ちゅうぼう》をのぞきこみ、ダンテとつき合っているという新人の見習いシェフを見て、妊娠しているのではないかといぶかしんだ。

結婚式の日、スージーのおなかのふくらみは疑問の余地のない大きさになっていた。

ドレスは白を基調としたシンプルなものだったが、光の加減でほんの少しピンクがかって見えた。ハイウエストで、宝石をちりばめたサンダルへと流れるようにドレープが広がるデザインは、緑豊かなトスカーナの丘陵地帯にあるワイナリーでの結婚式にぴったりだった。

スージーはひまわりのブーケを持っていた。ひまわりはみんなを幸せにするし、この快晴の日にふさわしく思えたからだ。

それに、あのネックレスをつけていた。

婚約指輪は欲しくなかったし、エタニティリングも必要なかった。たとえ他の誰も知らないとしても、スージーが首につけているネックレスのルビーのてんとう虫がすべてを象徴していた。

華やかな音楽が聞こえ、外を見ると招待客たちが集まっていた。日の光に照らされた赤い髪が美しいジュリエット、そしてルアンナ。クコーとペドロの姿も見える。ジオはミミと一緒に座っていた。ミミは歌でスージーを花のアーチまで送り出すことになっている。

それから、ダンテとセヴが一緒に即席の祭壇に向かって歩いているのが見えた。二人の態度はまだぎこちなく、親しみのこもった会話は交わされていない。

しかし、今日だけはすべてを脇に押しやって、二人は再び兄弟となった。

「さあ」スージーの父親が言った。「時間だ」

スージーと父親はワイナリーのレストランを出て、葡萄《ぶどう》畑のほうへ進んだ。ラベンダーとひまわりが遠くで風に揺れ、この家族から多くのものを奪った丘は今日その埋め合わせをしているかのようだった。

すばらしい弦楽四重奏が聞こえ、スージーはカサディオ兄弟に目をやった。

ミミが花嫁に進み出るよう手ぶりで示し、花婿にほほえみかけて、花嫁が近づいていることを歌で伝えた。

ミミの輝かしい歌声が空に響きわたったとき、奇跡のような出来事が起こった。

足元に視線を落としていた兄弟が顔を見合わせ、小さくほほえんだのだ。

そしてダンテが振り返って花嫁を見た。

スージーはバージンロードを半分も歩かないうちに泣いていた。ダンテが彼女を抱きしめた。

花嫁のドレスを眺めたダンテはひまわりのブーケを受け取り、スージーの双子の姉たちのどちらかに渡した。正直なところ、彼には見分けがつかなかった。そこで花婿付添人のセヴにハンカチを渡され、ダンテはスージーの目をぬぐった。だが、彼がスージーのネックレスの小さなてんとう虫に触れると、彼女の目はまた潤んだ。

「永遠に」ダンテが言った。

「ええ」スージーはうなずいた。

この愛がどれほど尊いものか、二人とも身をもって知っていた。

ハーレクイン®

ウエイトレスの言えない秘密

2025年4月20日発行

著　　者　キャロル・マリネッリ
訳　　者　上田なつき（うえだ　なつき）

発 行 人　鈴木幸辰
発 行 所　株式会社ハーパーコリンズ・ジャパン
東京都千代田区大手町 1-5-1
電話 04-2951-2000（注文）
0570-008091（読者サービス係）

印刷・製本　大日本印刷株式会社
東京都新宿区市谷加賀町 1-1-1

造本には十分注意しておりますが、乱丁（ページ順序の間違い）・落丁（本文の一部抜け落ち）がありました場合は、お取り替えいたします。ご面倒ですが、購入された書店名を明記の上、小社読者サービス係宛ご送付ください。送料小社負担にてお取り替えいたします。ただし、古書店で購入されたものについてはお取り替えできません。®とTMがついているものは Harlequin Enterprises ULC の登録商標です。

この書籍の本文は環境対応型の植物油インクを使用して印刷しています。

VEGETABLE OIL INK

ISBN978-4-596-72686-5 C0297

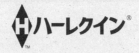

4月25日発売

ハーレクイン・シリーズ 5月5日刊

ハーレクイン・ロマンス

愛の激しさを知る

大富豪の完璧な花嫁選び　アビー・グリーン／加納亜依 訳　R-3965

富豪と別れるまでの九カ月
《純潔のシンデレラ》　ジュリア・ジェイムズ／久保奈緒実 訳　R-3966

愛という名の足枷
《伝説の名作選》　アン・メイザー／深山　咲 訳　R-3967

秘書の報われぬ夢
《伝説の名作選》　キム・ローレンス／茅野久枝 訳　R-3968

ハーレクイン・イマージュ

ピュアな思いに満たされる

愛を宿したよるべなき聖母　エイミー・ラッタン／松島なお子 訳　I-2849

結婚代理人
《至福の名作選》　イザベル・ディックス／三好陽子 訳　I-2850

ハーレクイン・マスターピース

世界に愛された作家たち
～永久不滅の銘作コレクション～

伯爵家の呪い
《キャロル・モーティマー・コレクション》　キャロル・モーティマー／水月　遙 訳　MP-117

ハーレクイン・ヒストリカル・スペシャル

華やかなりし時代へ誘う

小さな尼僧とバイキングの恋　ルーシー・モリス／高山　恵 訳　PHS-350

仮面舞踏会は公爵と　ジョアンナ・メイトランド／江田さだえ 訳　PHS-351

ハーレクイン・プレゼンツ作家シリーズ別冊

魅惑のテーマが光る
極上セレクション

捨てられた令嬢
《ハーレクイン・ロマンス・タイムマシン》　エッシー・サマーズ／堺谷ますみ 訳　PB-408

※予告なく発売日・刊行タイトルが変更になる場合がございます。ご了承ください。

今月のハーレクイン文庫

4月1日刊

珠玉の名作本棚

「情熱のシーク」
シャロン・ケンドリック

異国の老シークと、その子息と判明した放蕩富豪グザヴィエを会わせるのがローラの仕事。彼ははじめは反発するが、なぜか彼女と一緒なら異国へ行くと情熱的な瞳で言う。

（初版：R-2259）

「一夜のあやまち」
ケイ・ソープ

貧しさにめげず、4歳の息子を独りで育てるリアーン。だが経済的限界を感じ、意を決して息子の父親の大富豪ブリンを訪ねるが、彼はリアーンの顔さえ覚えておらず…。

（初版：R-896）

「この恋、揺れて…」
ダイアナ・パーマー

パーティで、親友の兄ニックに侮辱されたタビー。プレイボーイの彼は、わたしなんか気にもかけていない。ある日、探偵である彼に調査を依頼することになって…？

（初版：D-518）

「魅せられた伯爵」
ペニー・ジョーダン

目も眩むほどハンサムな男性アレクサンダーの高級車と衝突しそうになったモリー。彼は有名な伯爵だったが、その横柄さに反感を抱いたモリーは突然キスをされて――？

（初版：R-1492）